김채중 지음

좋은땅

목차

한국에 왔어요

첫 인상

기숙사 배정

조교

레벨 테스트

한국 생활에 대한 기대

첫 인상

기장의 방송: 승객 여러분, 우리 비행기는 곧 인천공항에 착륙할 예정입니다.

이스탄불에서 이륙한 비행기가 8시간 만에 인천공항에 막 도착하고 있다. 네히르는 창 밖으로 보이는 육지와 섬들을 주의 깊게 관찰하면서 이제 정말 한국에 왔다는 것을 실감한다.

[튀르키예어 대화]
네히르: 엘리프, 드디어 왔다!
엘리프: 정말 왔구나!
네히르: (기지개를 하며) 좀 긴장 돼.
엘리프: 나도.
스튜어디스: (통로를 지나가며 손님들을 살피다가 네히르를 보고) 좌석을 바로 해 주세요.
네히르: (미소지으며 뒤로 기울인 좌석을 바로 한다) 네, 알겠어요!

비행기가 착륙하고 공항을 천천히 돌아 나오다가 게이트 앞에 멈춰 선다. 멈춰서기 무섭게 대부분의 사람들이 좌석에서 일어나 선반을 열고 캐리어와 짐을 꺼

내거나 몸을 움직인다. 앉아 있는 몇몇 사람들은 외국인으로 보이는 사람들. 네히르는 멀리 떨어져 앉은 오즈게를 돌아다 보며 미소 짓는다.

[튀르키예어 대화]
네히르: (입모양으로 말한다) 괜찮아?
오즈게: 괜찮아!

앞쪽부터 차례로 사람들이 나가고 네히르의 순서가 되자 줄지어 비행기에서 나간다. 비행기와 공항 건물의 연결 통로를 지나 에스컬레이터를 타고 입국장으로 향하는 사람들의 뒤를 따라 나간다. 네히르는 이스탄불과 비슷한 듯 하면서도 뭔가 다른 한국의 공항을 관찰하며 설레는 표정이다. 입국 심사대에서의 절차가 끝나고 짐을 모두 찾은 후 유심카드를 사기 위해 판매처로 향한다. 편의점 앞 벤치에 앉아서 친구들과 같이 인터넷 연결을 확인한 후 한숨을 돌린다.

[튀르키예어 대화]
네히르: 자, 이제 전철을 타러 가 볼까?
오즈게: (편의점 쪽을 돌아보며) 물 좀 마시고 가자.
엘리프: 나도 음료수를 마시고 싶어.

편의점에서 물과 음료수를 구입한 후 공항철도라고 쓰여 있는 표지판을 따라 지하로 내려간다. 모든 이정표가 한국어와 영어로 알기 쉽게 쓰여 있다. 무빙워크를 따라 걸어가는 동안 양쪽 옆의 벽에 전시되어있는 영상에서 눈을 떼기 힘들다. 화려한 칼라와 생동감있는 움직임이 매우 역동적이다.

[튀르키예어 대화]
엘리프: (벽에 있는 영상을 가리키며) 뉴진스 아니야?
오즈게: 와, 정말!
네히르: 우리 한국에 왔네!

공항철도 입구에 있는 전철표 판매기에서 홍대행 표를 구입하고 승강장으로 들어선다. 깔끔하고 현대적인 역이다. 얼마 지나지 않아 안내 방송과 함께 전철이 들어오고 네히르 일행과 여행객들이 전철 안으로 들어가 자리를 잡고 앉는다. 외국 여행에서 돌아온 한국 사람들과 다양한 국적의 사람들로 좌석이 모두 찬다. 전철이 빠르게 달리는데도 소음이나 진동이 없이 승차감이 좋고 차창 밖으로 펼쳐지는 풍경이 네히르에게는 아주 감동적이다. 튀르키예와 다른 풍경이 펼쳐진다. 나무와 식물들이 다르고 지나가는 집들도 다르다. 저 멀리 아파트 단지가 눈에 들어온다. 아마 저기쯤이 서울인가 보다고 네히르는 생각한다.

차장의 방송: 이번 정차 역은 홍대입구, 홍대입구역입니다.
영어 방송: This stop is Hongdae ipgu station.

전철의 종점은 서울역이지만 홍대입구역에서도 내리는 여행객이 많다. 다양한 외국어에 섞여서 홍대[Hong Dae]라는 한국어 발음이 여기저기서 들린다. 네히르와 친구들은 수업이 시작하는 9월보다 좀 일찍 한국에 왔고 홍대 근처에서 머물면서 서울 시내를 여행하다가 학교 기숙사로 들어갈 예정이다.

[튀르키예어 대화]
네히르: 얘들아, 모두들 캐리어와 가방을 잘 챙겨.
오즈게: 알겠어.
엘리프: 응, 알겠어.

네히르와 친구들은 홍대 입구역에 내려서 전철 개찰구를 나간다. 지하의 역사 안이 꽤 크고 복잡하다. 지하에 물건을 파는 상점들이 눈에 들어온다. 튀르키예와는 다른 풍경이다. 홍대 근처에서 며칠 동안 묵을 숙소는 연남동에 있는 비앤비이다. 비앤비 주인이 알려준 지도를 보면 홍대입구역 3번 출구로 나와서 연남동 방면으로 7분쯤 걸으면 된다고 자세하게 안내되어 있다. 연남동의 비앤비에 묵으면 로컬 한국인의 집과 유사한 주거 환경을 체험할 수 있는 좋은 기회이고 요즘 홍대는 외국인들에게 유명한 지역이기 때문에 이곳으로 숙소를 정했다.

[튀르키예어 대화]
(두리번거리는 일행)
엘리프: 저기 3번이 있어.

네히르: 그래, 저쪽으로 가자.

지하도 안이 복잡해서 3번 출구 찾기가 쉽지 않았다. 공항보다 홍대에 사람들이 더 많다. 한국어도 더 많이 들린다. 에스컬레이터를 타고 지상으로 올라오니 3번 출구 밖에도 사람들이 많다. 핫플레이스가 맞는 것 같다. 네히르는 비앤비 주인이 준 지도만으로도 숙소를 찾을 수 있겠지만 그동안 익힌 한국어를 시험해 보고 싶어서 주변을 두리번거리다가 한국인으로 보이는 사람에게 다가간다.

네히르: (비앤비 지도를 보여주며) 실례지만 여기에 어떻게 가는지 아세요?
한국인: (지도를 들여다보고 나서) 네, 앞으로 쭉 가다가 왼쪽으로 돌아가세요. 그리고 횡단보도를 건너서 연남 경찰서 앞으로 좀 더 가다가 길을 건너면 있어요.
네히르: 네, 감사합니다.

한국인이 한 말을 키워드는 다 들었다. 앞으로 쭉 가다가, 왼쪽, 횡단보도, 경찰서, 길을 건너. 네히르는 스스로 흡족해하며 친구들을 돌아본다.

[튀르키예어 대화]
네히르: (미소지으며) 가자!
오즈게: 와, 네히르 한국어 잘한다!
엘리프: 나도 한국어를 배우기는 했지만 한국 사람이 빨리 말하니까 잘 못 들었어.

네히르와 친구들은 한국인이 알려 준대로 앞으로 쭉 걸어간다. 오른쪽 옆으로 보이는 공원에는 오가는 사람들이 많고 왼쪽으로는 카페와 식당들이 있다. 왼쪽으로 돌아가서 좀 더 가면 횡단보도가 있고 횡단보도를 건너서 조금 더 가니 경찰서가 있다. 연남 파출소. 작고 귀여운 경찰서이다. 경찰서를 지나 좀 더 걷다가 횡단보도를 건너서 주택가로 들어 선다. 비앤비 주인이 소개한대로 로컬 한국인이 사는 집과 나란히 있고 상상한 것과 같은 한국 스타일의 집이다.

[튀르키예어 대화]
오즈게: 좀 피곤하지만 빨리 나가서 이 동네를 구경해 보자.
엘리프: 아까 본 공원에서 걸어보고 싶어.

네히르: 그래 좋아! 오늘은 홍대에서 구경하고 좀 쉬자. 나는 명동에도 빨리 가보고 싶어.

오즈게: 나는 잠실.

　다음날 늦게 일어난 네히르와 친구들은 비앤비 근처 슈퍼마켓에 가서 점심으로 먹을 김밥, 라면, 빵, 우유 등을 사고 근처를 탐색한다. 길에서 손을 잡고 걷는 사람들, 뛰어다니는 어린 학생들을 보며 마음이 따뜻해지는 것을 느낀다. 점심을 먹은 후 네히르가 가고 싶어하는 명동에 가기로 한다. 명동에서는 화장품과 옷 등 필요한 물건을 사고 길거리 음식도 먹어보려고 한다.

한국에 왔어요!

저는 튀르키예에서 한국어를 배우려고 한국에 왔어요. 한국에 꼭 오고 싶었는데 내 꿈을 이루어서 너무 행복해요. 인천 공항에 왔을때 한국 사람들이 웃는 걸 보며 그 따뜻함을 느꼈어요. 한국인과의 첫 대화는 슈퍼마켓에서였는데 계산원이 나에게 매우 예의바르게 대해졌고, 시간이 지나면서 한국 어디를 가더라도 직원들이 모두 매우 정중하고 예의 바르다는 것을 깨달았어요. 기숙사에 도착해잠을 자니 들었어요. 아침에 일어나서 서울에 나갔을때, 서로 손을 잡고 걷는 사람들, 뛰어다니는 초등 학생들의 모습이 마음을 따뜻하게 해주었고, 내가 제대로 된 나라에 왔다는 느낌이 들었어요. 잠시 쉬다가 첫 번째 간 곳은 명동이었어요. 명동으로 가는 버스는 문제가 없었어요 그냥 알파벳이 달라서 조금 어려울수도 있지만, 이제 번역을 우리 생활에서 쉽게 사용할수있게 되었어요. 제가 한국에서 가장 놀랍고 아름다운 점은 어디에서나 와이파이가 가능하다는 것이에요. 버스 정류장, 버스 또는 도로의 어느 곳에 멈춰도 와이파이가 작동했고 관광 객에게는 이것이 완벽이에요.

서울 명동에 왔을 때 가장 먼저 느낌 점은 관광객이 너무 많다는 것이었어요. 재미있는 상점과 놀이터, 맛있는 음식이 많았어요. 명동은 길거리 음식으로 세계적으로 유명한 곳인데, 그걸 먹어볼 수 있어서 너무 기뻤어요. 길거리 음식을 최대한 많이 먹었어요. 떡볶이, 계란말이, 김밥, 고구마튀김, 콘도그, 어묵, 붕어빵..... 솔직히 진짜 다 맛있었어요. 근데 내 제일 좋아하는 계란말이고 붕어빵이에요. 먹은 후에 음식을 버리는 쓰레기통이 없어서 놀랐는데, 제가 좋아하는 한국인 분이 "한국 곳곳에 쓰레기통이 있으면 쓰레기통 주변이 더러워 보이고 더러운 보일 것"이라고 하더군요. "사실 한국에 쓰레기통이 많지 않고 거리오 깨끗한 이유가 바로 이것이에요." 그리고 이거 진짜 맞아요. 어디선가 떡볶이를 사던 중, 떡볶이를 파는 아저씨와 이야기를 나눌기회가 있었어요. 제가 한국 말을 하는 듣고 아주 친절하게 반응해 주셨고, 우리 조상들이 전쟁에서 서로 도왔다고 하시고 정말 감사하다고 하시고, 형제의 나라라고 해주시니 눈물이 나고 감동이 컸었어요. 한국에서의 여정은 아직 끝나지 않았어요. 제가 말씀 드린 것보다 더좋은 일들을 경험하게 될 것 같고, 여기에 있게 되어 매우 기쁜예요. 마지막으로, 여러분의 꿈이 무엇이든, 어떤 환경이 제공 되든, 목표를 따르십시요 우리는 모두 안간이고 그럴 자격이에요.

기숙사 배정

네히르와 친구들은 서울에서 며칠을 머물고 나서 학교로 간다. 학교 앞에 있는 버스정류장에 내려서 학교 안내문에 있던 기숙사 건물을 향해 올라간다. 학기가 9월에 시작하기 때문에 8월에 미리 입국했다. 9월이 다음 주이지만 한국은 아직 한여름처럼 덥다. 기숙사 건물 1층 사무실에 들어서자 바깥 공기와는 다르게 시원함이 느껴진다.

직원: 새로온 학생이에요? 이름이 뭐예요?

네히르: 전 네히르고 제 옆에 엘리프와 오즈게예요.

직원: 2인실인데 누가 같이 방을 쓸 거예요?

네히르: (네히르가 친구들을 돌아보고 튀르키예어로 말한다) 2인실이라서 한 사람은 다른 사람과 있어야 해.

오즈게: 내가 다른 방에 갈게. 나는 다른 나라 친구하고 같이 살아보고 싶어.

네히르: 저하고 엘리프가 같이. 오즈게는 다른 방에 갈 거예요.

직원: 알겠어요. 여기에 이름과 연락처를 적어 주세요.

네히르와 친구들은 기숙사 입실 서류에 이름과 연락처 등을 꼼꼼히 적는다. 네히르는 친구들이 적는 것을 도와준다. 서류는 한국어와 영어로 되어 있다.

직원: 카드 받으세요. 네히르와 엘리프 씨는 312호이고 오즈게 씨는 306호예요.
네히르와 친구들: 감사합니다.

네히르와 친구들은 3층으로 올라가서 자신들의 방을 확인한다. 기숙사의 엘리베이터와 복도 분위기는 깔끔하고 밝은 톤의 색상이다.

[튀르키예어 대화]
네히르: 오즈게, 짐 다 정리하면 우리 방으로 와
오즈게: 알겠어.
네히르: (312호에 카드를 대고 문을 연다) 와, 방이 넓다!
엘리프: 화장실도 좋은데.
네히르: 엘리프, 내가 이쪽 침대를 쓸게. 괜찮아?
엘리프: 응, 괜찮아.

오즈게가 306호에 카드를 대고 들어 서자 다른 국적의 학생이 오즈게를 보고 인사한다.

[한국어와 영어 대화]
마리아나: 안녕, 나는 마리아나.
오즈게: 안녕, 나는 오즈게. 튀르키예 사람이야.
마리아나: 나는 멕시코 사람이야. 만나서 반가워.
오즈게: 나도 만나서 반가워.

오즈게는 마리아나의 반대 편 빈 침대에 작은 가방을 내려 놓고 큰 여행용 가방을 열고 옷장과 책상 등에 정리를 시작한다. 침대 옆에 책상과 옷장이 나란히 있는데 가구들이 깔끔하고 크기도 적당하다. 오즈게는 화장실에 고향에서 가져온 샴푸와 비누 등을 내어놓는다. 화장실도 샤워 부스를 포함해서 편리하게 배치되어 있다.

네히르는 짐을 대충 풀어 놓고 창문을 통해 바깥 경치를 구경한다. 남향이라서 해가 잘 들고 전망도 좋은 편이다. 기숙사 앞에는 기숙사 건물보다 좀 낮은 건물이 보인다.

[튀르키예어]

네히르: 엘리프, 여기 좀 봐. 앞에 학교 건물이 있고 저쪽으로는 숲도 보인다.

엘리프: 와, 우리 저기서 공부하는거야?

네히르: 아니, 앞에 건물이 하나 더 있을거야. 안내 책자에 거기가 어학원이라고 쓰여 있었어. 우리 짐을 빨리 풀고 학교를 구경해 보자.

엘리프: 그래 좋아.

네히르와 친구들은 기숙사 밖으로 나가서 학교를 둘러본다. 건물이 여러 동 있고 체육관과 운동장 그리고 산책로도 잘 정비 되어있는 학교이다. 학교 옆으로 숲이 있는데 산으로 이어진다. 산책하는 사람들이 숲에서 내려와 정문쪽으로 걸어간다.

[튀르키예어]

오즈게: 학교가 마음에 들어.

엘리프: 다음에 우리도 숲에 가보자

네히르: 그래 좋아. 오늘은 우리가 공부할 건물에 한번 들어가 볼까?

오즈게: 그러자.

네히르와 친구들은 어학원 건물 입구로 간다. 유럽풍의 기둥이 4개 서있는 웅장한 건물이다. 계단을 올라가서 문을 열려고하지만 열리지 않는다. 카드가 있어야 되는 모양이다. 유리문에 얼굴을 가까이 대고 안을 살펴보니 넓은 로비를 사이에 두고 양쪽에 사무실과 화장실 그리고 2층으로 올라가는 넓은 계단이 보인다.

[튀르키예어]

네히르: 오늘은 들어갈 수 없겠어. 다음에 구경하자.

엘리프: 그래야겠네.

오즈게: 나는 좀 걱정돼. 한국어 알파벳만 겨우 읽을 줄 알거든.

조교

마리아는 학생들의 행정업무와 학교생활을 도와주는 조교 학생이다. 오전에 한국어 수업을 마치면 점심을 먹은 후에 주로 오후 시간에 조교 업무를 한다. 한 학기에 일주일쯤은 신입생들이 오기 때문에 안내할 일이 많다. 오늘은 새로 온 학생들에게 학교생활에 대한 안내와 주의 사항들을 알려 주려고 네히르의 방을 찾아간다.

[한국어와 영어 대화]

마리아: 안녕하세요, 나는 여러분을 도와주는 조교 학생이에요.

네히르와 친구들: 안녕하세요.

마리아: 여러분 카톡 아이디가 있어요?

네히르: 네, 저는 있어요.

마리아: 그럼 오즈게 씨와 엘리프 씨는 카톡을 다운로드하고 아이디를 만드세요. 보통 카톡으로 연락을 하거든요.

마리아와 네히르는 오즈게와 엘리프가 카톡 설치하는 것을 도와준다.

마리아: 이제 내가 학생들이 모두 있는 단톡에 초대할 거예요.

마리아가 세 명을 초대하자 네히르와 친구들의 휴대폰에서 [카톡] 소리가 울린다. 친구들은 재미있어하며 미소를 짓는다.

마리아: 그리고 이번에 새로 온 학생들만 있는 단톡에도 초대할 거예요. 내일 오후에 레벨테스트를 할 때 여기로 안내할게요.
네히르와 친구들: 알겠어요. 고마워요.
마리아: 기숙사는 밤 12시에 문을 닫으니까 그 전에 돌아와야 해요. 그리고 기숙사 방에서는 요리를 하면 안돼요. 저쪽에 부엌이 있으니까 알려 줄게요.

마리아는 3층의 가운데에 위치한 부엌으로 친구들은 안내한다. 부엌에는 북쪽으로 경치가 내다보이는 창문이 있어서 환하다. 인덕션과 싱크대가 설치되어 있고 식탁과 냉장고와 전자레인지 등 보통의 가정에 있을 만한 물건들이 다 구비되어 있다.

마리아: 부엌에서 요리를 한 후에는 깨끗하게 정리해 주세요. 그리고 식탁에서 밥을 먹은 후에는 식탁도 닦아 주세요. 우리가 집에서 하는 것처럼 사용하면 돼요. 특히 전자레인지를 사용한 후에 음식이 튀면 깨끗하게 닦아 줘야 해요.
네히르: 알겠어요.
엘리프: 부엌이 아주 예뻐요.
오즈게: 빨리 요리해보고 싶어요.
마리아: 이쪽으로 오세요. (옆방으로 이동한다.) 여기는 세탁실이에요. 세탁한 후에 건조할 수도 이써요. 그리고 세탁한 후에는 시간에 맞춰서 세탁물을 가져가야 해요. 다음 학생들이 기다리거든요.
오즈게: (친구들에게 튀르키예어로) 당장 세탁해 봐야겠어.
마리아: 그리고 1층에 편의 시설이 있으니까 소개해 줄게요.

마리아와 세 명의 학생들은 엘리베이터를 타고 1층으로 내려온다. 엘리베이터의 내부에 붙어있는 한국어 안내문을 엘리프와 오즈게가 더듬더듬 읽어본다.

오즈게: (튀르키예어로) 무슨 뜻인지 모르겠어.

엘리프: (웃으며) 나도.

마리아는 1층에 내려와서 휴게실, 체육실, 택배실 들을 안내한다.

마리아: 여기는 친구들과 이야기도 하고 공부도 할 수 있는 휴게실이에요. 그리고 여기는 실내에서 운동할 수 있는 기구가 있으니까 학생들이 운동할 수도 있어요.

엘리프: 밤 늦게까지 있어도 돼요?

마리아: 네, 12시까지 이용할 수 있어요. (옆 방으로 이동) 그리고 여기는 택배로 온 물건들을 보관하는 장소예요. 배달시킨 물건이 있으면 여기에서 찾으면 돼요.

네히르: (방에 있는 물건들을 보고) 한국에서는 빨리 배달을 해 준다고 들었는데 나도 물건을 택배로 주문해 보고 싶네요.

마리아: (미소지으며) 네, 오늘 주문하고 내일 오는 경우도 있어요. 그리고 음식도 배달시킬 수 있어요. 음식은 현관 앞까지 나가서 받아야 해요. 음식을 받은 후에는 부엌에서 먹거나 방에서 먹을 수 있어요.

오즈게: 와, 배달도 빨리 해보고 싶은데요.

네히르: (웃으며) 요리도 하고 배달도 하고 다 해보자.

엘리프와 오즈게: (깔깔 웃으며) 그래 그러자.

마리아: 또 알고 싶은 것이 있어요?

네히르: 내일 레벨테스트는 몇 시에 어디에서 해요?

마리아: 어학원 건물에서 해요. 내일 오후 2시에 하는데 내일 다시 카톡으로 안내해 줄 거예요.

레벨 테스트

[카톡 대화]

카톡음: 카톡!

학생들이 각자의 방에서 문자를 확인한다.

카톡문자: 여러분, 안녕하세요? 저는 한국어 선생님 김유진입니다. 우리 학교에 오신 것을 환영합니다. 여러분이 한국에서 안전하고 즐겁게 생활하기를 바랍니다.

한국어로 된 문자를 받고 내용을 이해할 수 없는 학생들은 얼른 번역 서비스를 이용하여 내용을 확인한다.

카톡문자: 오늘 오후 2시에 레벨테스트를 합니다. 1시 50분까지 어학원 건물 3층 8호로 오세요. 마리아 씨는 학생들을 안내해 주세요.

마리아: (카톡문자) 네, 알겠습니다!

마리아: (카톡문자) 여러분, 1시 40분에 기숙사 1층에서 만나요. 우리 같이 어학원 건물 308호로 갈 거예요.

학생들: (카톡문자) 네, 알겠습니다. 감사합니다.

새로 온 학생들은 아직 어학원 건물의 출입카드가 없다. 마리아는 출입카드로 현관문을 열고 학생들을 건물 안으로 들여보낸다. 학생들을 308호로 안내하고 마리아는 건너편의 선생님 방으로 간다.

마리아: 선생님, 안녕하세요. 학생들이 다 왔어요.

선생님: 고마워요, 마리아 씨. 수고 많았어요. 내일 책이 올 거예요. 책 나눠줄 때도 선생님을 도와

주세요. 마리아 씨는 이제 가서 쉬세요.

마리아: 네, 알겠습니다.

레벨테스트를 실시하는 방은 교실 중에서 가장 큰 교실이다. 학생들은 비치되어있는 책상에 자유롭게 앉아서 교실을 둘러본다. 창문 밖으로 나무가 보인다. 앞쪽에는 전자TV와 화이트보드가 있고 복도쪽 벽에는 학생들의 한국어와 그림이 섞여 있는 종이 작품들이 붙어있다. 화이트보드에는 오늘 레벨테스트 날짜와 시간이 판서 되어있다.

선생님: (활짝 웃으며 교실로 들어선다) 여러분, 안녕하세요? 만나서 반갑습니다.

학생들: 안녕하세요?

선생님: 저는 오늘 아침에 여러분에게 문자를 보낸 선생님이에요. 김유진이에요. (칠판의 판서를

가리키며) 2시부터 1시간 동안 시험을 볼 거예요. 시험이 끝난 후에 말하기 시험도 볼 거예요. 말하

기 시험은 선생님과 인터뷰를 하는 거예요. 시험이 끝난 후에 모두 이 방에서 기다리세요. 인터뷰

는 (건너편을 가리키며) 선생님 방에서 한 사람씩 할 거예요. 말하기 시험이 끝난 학생은 기숙사로

돌아가도 돼요. (학생들이 이해하도록 몸동작을 섞어 가며 천천히 말한다.)

네히르는 선생님의 말을 이해하고 옆에 앉은 친구들에게 조용히 튀르키예어로 전달해준다. 성생님의 말을 잘 이해하는 학생도 있지만 아직 이해하지 못해도 무슨 말인지 추측할 수 있다.

선생님: 여러분, 휴대폰을 끄세요. (휴대폰을 가리키며) off. 그리고 여기로 주세요. (선생님 책상을

가리킨다.)

학생들이 모두 휴대폰을 앞으로 낸다. 그리고 선생님이 학생들에게 시험지를 나눠준다. 한 시간 동안 시험을 마치고 학생들은 선생님께 시험지를 제출한다. 시험이 끝났을 때 상기된 표정의 학생, 밝게 웃는 학생, 긴장한 듯한 학생 등 다양한 표정이다.

선생님: 여러분, 이제 여기서 기다리세요. 여기 앞에 앉은 알리나 씨부터 한 사람씩 선생님 방으로
오세요. 알리나 씨는 5분 후에 선생님 방으로 오세요.

선생님이 방으로 돌아간 후 학생들은 같이 시험을 본 사이라는 친밀감으로 서로를 둘러 본다. 잠시후 알리나가 긴장된 표정으로 선생님 방으로 가기 위해 일어 선다. 네히르가 주먹을 가볍게 들며 화이팅이라고 말해주자 알리나가 엷은 미소를 짓는다. 다른 학생들은 알리나의 뒷모습을 바라보며 긴장된 표정이거나 가볍게 호흡을 고르기도 한다.

선생님은 선생님 방의 큰 테이블에서 학생의 서류를 들여다보고 있다. 선생님 건너편에 학생의 의자 한 개 배치되어 있다. 알리나가 노크 후에 방으로 들어선다.

선생님: 네, 알리나 씨, 여기 앉으세요.
알리나: 네, 감사합니다.
선생님: 알리나 씨, 한국어를 얼마 동안 공부했어요?
알리나: 1년 동안 공부했어요.
선생님: 어떻게 공부했어요?
알리나: 책을 보고 스스로 했어요. 한국드라마와 예능 프로그램을 많이 봤어요.

선생님은 알리나와 인터뷰를 마친 후 기본 생활 한국어는 무리가 없지만 간접화법과 피동 표현을 말하는 것이 자연스럽지 못하다는 것을 확인한다.

선생님: (가볍게 미소를 지으며) 네, 알리나 씨, 인터뷰를 마칩니다. 결과는 내일 오후에 카톡으로
알려 주겠어요. 이제 기숙사에 가서 편하게 쉬세요. 다음 학생에게 오라고 전해 주세요.

선생님이 손짓과 함께 천천히 말했기 때문에 알리나는 선생님의 말을 잘 이

해할 수 있다. 알리나의 뒷모습을 선생님은 미소와 함께 물끄러미 바라본다. 알리나는 안도의 한숨을 내쉬고 밝아진 표정으로 학생들이 대기하고 있는 방으로 간다.

한국의 첫인상

나는 한국에 처음 왔을 때 한국 생활에 대한 기대가 컸지만 불안한 마음도 있었다. 인천 공항에 도착하면서 많은 생각을 했다. 여행 가방을 받으면서 유학 생활이 힘들까봐 걱정했다. 대학교에 도착한 후에 필요한 물건을 사고 첫 식사를 하자마자 피곤하고 해서 그 날 아무것도 안 했다.

처음엔 다 보고 싶고 새로운 경험을 많이 했다. 한국이 우리 고향에서 아주 다르고 신기했다. 나의 한국어 급을 정하는 시험 날에서 긴장을 제일 많이 했다. 하지만 선생님들과 다른 학생들이 진절해서 곧 괜찮아졌다. 공부가 힘들지 않고 즐거웠다. 첫 개월이 꿈 같았다. 그러나 나의 고향고 다른 점도 많아서 스트레스를 받았다.

제일 힘든 점이 문화 차이였다. 음식도 다르고 교통도 복잡했다. 편의점에서 무언을 사면 좋을까도 싶었다. 많은 것들이 새롭고 달랐다. 그런데 처음엔 이 다른 점들이 신기하고 좋았다. 한국 문화를 배우면서 한국어 공부를 했다. 두 달 동안 긴장만 했다. 그러나 이런 생활이 익숙해지고 마음이 편해졌다. 이 경험이 소중하고 매 순간이 인상적이다. 그래서 유학 생활을 하는 것이 중요하다고 생각한다. 결국엔 이 시간이 소중한 기억이 될 것이다.

한국 생활에 대한 기대

네히르는 중학생 때부터 K 팝을 즐겨들었다. 이스탄불거리에서 K 팝 커버댄스를 본 이후로 K 팝에 푹 빠졌다. 나중에는 K 팝에 대한 관심이 K 드라마로 옮겨갔다. 한국 드라마는 보통 로맨스를 주제로 한 드라마가 많다. 여기에 다양한 장르를 혼합하여 재미있게 구성하면서 친구들이나 가족과 같이 보고 대화를 나누기가 아주 좋았다. 네히르는 많은 한국 드라마를 보면서 한국에 대한 호기심과 함께 한국에 꼭 가보고 싶다는 꿈이 생겼다.

[튀르키예어 대화]

네히르: 엘리프, 뭐 봐?

엘리프: <별에서 온 그대>. 아주 재미있어.

네히르: 그럼 이거 다 보고 <도깨비>를 봐. <도깨비>는 진짜 꼭 봐야 돼.

엘리프: 알겠어. 그렇게 재미있어?

네히르: 그럼. 내 최애 드라마야. 드라마 촬영지에도 꼭 가볼거야.

크리스티나는 고등학교 졸업 후에 부모님의 권유로 한국에 왔다. 크리스티나의 부모님은 한국에 여행 온 적도 있고 해서 한국에 대해서 잘 알고 있으며 한국의 교육제도에 대한 좋은 인상으로 크리스티나를 한국의 대학에 보내려고 한다. 크리스티나도 한국의 아이돌 그룹을 좋아하고 춤추기를 좋아하기 때문에 음악과 관련한 학과에 가려고 한다. 한국에 와서 춤을 잘 추는 친구들을 만나서 아주 좋다. 한국어 수업 후 오후 시간에는 친구와 함께 거울이 있는 연습실에서 춤을 추고 영상도 찍어서 인스타에 올린다.

[러시아어 대화]
크리스티나: 로만, 우리 오늘 오후에 연습실에 가자.
로만: 좋아, 오늘은 뭐 할까?
크리스티나: 오늘은 꽃을 잘 찍어보자.
로만: 다른 친구들도 데려가서 같이 하자.
크리스티나: 좋아.

디아나는 고등학교를 졸업하자마자 한국에 왔다. 주변에서 보고 들은 한국에 대한 인상이 좋았기 때문에 한국에서 살아보고 싶어서 부모님 말씀드리고 한국에 왔다. 부모님도 한국에 대한 좋은 인상을 가지고 계셔서 선뜻 한국행을 허락해 주셨다. 그냥 한국에 오게 된 것이 꿈만 같고 너무 좋다. 어학원에서 한국어를 잘 배운 후 대학에 입학하려고 한다. 아직 대학에서 무엇을 배울지는 정하지 않았다. 한국어를 배우는 동안 한국에 대해서 더 알아보고 가고 싶은 과를 탐색하려고 한다. 한국에 오고 보니까 디아나와 같이 대학에 가려는 목표를 가지고 어학원에 온 친구들을 많이 볼 수 있다.

알리나는 고향에서 대학교를 졸업했다. 한국에서 석사과정에 들어가기 전에 한국어를 배우려고 어학원에서 한국어를 배우고 있다. 한국에 오기 전에 한국어를 스스로 공부해서 어느 정도 말하기나 쓰기에 자신이 있다. 대학에서 비즈니스를 전공했는데 한국에서는 대학원에 한국어과에 진학하여 석사학위를 받고 고향에 돌아가서 한국어 교수가 되고 싶다. 고향의 대학교에서도 한국어를 배우고자 하는 학생이 늘어났고 더불어 한국어를 가르치는 교수에 대한 수요도 높아지고 있다. 디아나와 알리나는 룸메이트인데 서로 도움을 주며 한국생활을 잘 이어가고 있다.

디아나: 언니, 어떻게 하면 언니처럼 한국어를 잘 할 수 있어?

알리나: 오늘 공부한 것을 잘 복습해. 그리고 한국 드라마와 예능 프로그램을 많이 봐.

디아나: 예능 프로그램은 뭐를 보면 좋아?

알리나: 나는 런닝맨이나 일박이일을 많이 봤어. 예능 프로그램에는 중요한 단어를 한국어로 자주 자막처럼 보여주니까 한국어 공부에 아주 좋아. 그리고 일박이일은 한국의 여러 장소를 여행하는 프로그램이라서 한국에 대해서 알아보기에 아주 좋아.

디아나: 알겠어.

네히르와 친구들이 부엌에서 떡볶이를 만들고 있다. 마트에서 떡과 떡볶이 소스 등이 같이 들어 있어서 물만 붓고 끓이면 쉽게 만들 수 있는 제품을 발견하고 사온 것이다. 네히르는 한국 드라마나 예능 프로그램에서 떡볶이 먹는 장면을 보고 직접 만들어 보고 싶었다. 명동 길거리에서 먹어본 떡볶이와 맛이 비슷할지 어떨지 궁금하다.

[튀르키예어 대화]

네히르: 엘리프, 오즈게 먹어봐. 어때?

엘리프: (하나 먹으며) 나는 좀 매워.

네히르: (네히르도 하나 먹으며) 아, 어묵이 없네.

오즈게: (같이 먹으며) 어묵이 뭐야?

네히르: 떡볶이에 같이 요리하는 생선으로 만든 음식이야.

오즈게: 맵지만 맛있어.

부엌으로 알리나와 디아나가 들어 온다. 두 사람이 요리할 수 있도록 자리를 비켜주며 테이블로 냄비를 옮긴다.

[한국어 대화]

네히르: 안녕, 떡볶이 먹어요.

알리나: 나는 매운 못 먹어요.

디아나는 네히르가 주는 것을 하나 먹고 나서 입으로 바람을 불고 손을 부채처럼 바람을 불어 입으로 보내며 물을 찾는다. 오즈게는 얼른 가지고 있던 물을 디아나에게 준다. 디아나는 매운 음식을 전혀 못 먹는지 놀란 모양이다. 그 모양이 재미있어서 친구들이 같이 웃는다. 기숙사에서 다른 국적의 학생들과 만나 소통하며 새로운 친구들을 사귈 수 있다는 기대감이 크다.

발표할 때 긴장 돼요

한국어 수업

오늘은 가을 학기가 시작되는 첫날이다. 2주간의 방학을 마치고 새 학기를 맞이하느라 기숙사에 활기가 돈다. 새로 온 학생들은 첫 등교에 자신을 꾸미느라 분주하고 기대감에 가득차있다. 9시에 수업이 시작되지만 선생님들은 8시가 되면 학교에 와서 수업 준비에 분주하다.

어학원의 학기는 일 년에 봄, 여름, 가을, 겨울의 네 학기로 이루어진다. 보통 대학의 학기가 여섯 달씩 두 학기인데 어학원은 매 학기 10주 동안 200시간을 듣기, 말하기, 읽기, 쓰기를 집중적으로 공부하는 과정이다.

김유진 선생님은 어학원의 책임자로서 보통 제일 먼저 출근한다. 학교 앞에 차를 주차하고 현관에 카드를 대고 들어오면 더 일찍 출근하여 학교를 청소하고 관리하는 직원들을 만나게 된다. 아침 인사를 주고 받은 후 선생님 방으로 들어간다.

알리나와 디아나는 오늘 이른 아침에 일어나서 옷매무새도 단장하고 화장도 하고 가방에 책과 필기도구 등을 챙겨서 학교로 향한다. 어학원 건물의 현관에 이르러 출입카드를 대고 안으로 들어선다. 계단을 올라서 복도로 들어서서 각자의 교실로 들어간다.

[러시아어 영어 대화]
알리나: 좋은 하루 돼.
디아나: 이따 봐.

학생들이 속속 학교로 모여든다. 경쾌한 걸음걸이와 밝은 미소로 건물 안으로 들어서서 자신들의 교실을 찾아 들어간다. 복도를 지나가며 문이 열려있는 선생님 방을 향해 크리스티나가 밝게 인사한다. 크리스티나는 한국식 인사로 크게 머리를 숙여서 인사한다. 선생님도 응대한다.

[한국어 대화]
크리스티나: 선생님, 안녕하세요?
선생님: 크리스티나 씨, 안녕하세요? 방학 잘 보냈어요?
크리스티나: 네, 선생님도?

9시가 가까워오자 선생님들은 각 교실로 들어간다. 김유진 선생님이 교실로 들어설 때 네히르가 서둘러 들어와서 잠간 두리번거리다가 알리나의 옆자리가 빈 것을 보고 그 옆에 앉는다. 선생님이 교실에 들어서자 알리나는 잠깐 일어나서 목례를 하고 앉으며 다른 학생들을 돌아본다. 이렇게 인사하는 게 아닌가 하는 눈치다. 선생님에 대한 인사도 나라마다 다른 모양이다.

[한국어 대화]
선생님: (가볍게 목례하며) 여러분, 안녕하세요? 방학 잘 보냈어요?
학생들: 안녕하세요? 네, 잘 보냈어요.

전자TV에는 이미 오늘 안내할 학기 일정이 쓰여 있는 ppt가 열려있다. 선생님은 ppt를 가리키며 학생들에게 한 학기 일정을 소개한다. 10주 동안 중간시험과 기말시험이 언제인지, 공휴일이 언제인지, 문화체험을 어디로 가는지 등 일정과

성적과 출석에 관한 주의 사항을 모두 설명한다.

선생님: 그리고 또 우리기 지켜야할 것이 있어요. 학교에 여러 나라에서 온 친구들과 같이 생활하니까 서로 이해하고 존중해야해요. 여러분이 한국에 왔으니까 한국의 문화를 잘 아는 것도 필요해요. 여러분, 학교가 교실이 아주 깨끗하지요? 왜 그럴까요? 네, 여러분이 학교에 오기 전에 직원 분들이 깨끗이 청소해 주기 때문에 그래요. 청소해 주시는 분들을 만나면 '안녕하세요? 고맙습니다' 하고 인사를 해주면 좋겠어요. 학교에서 만나는 한국 사람은 선생님이거나 우리 직원분들이니까 (머리를 가볍게 숙이는 동작을 하며) 이렇게 인사를 하면 좋아요.

마리아: 선생님, 아니에요. 산책하다. 산책하는 아주머니, 아저씨도 있어요!

학생들이 그 말에 웃자 선생님도 맞다고 인정한다. 하지만 모두 우리 학교에 오는 손님이기도 하니까 가볍게 목례를 하면 좋겠다고 이야기해 준다.

선생님: 여러분, 잘 이해했어요? 오늘 학교에 처음 온 알리나 씨와 네히르 씨는 잘 이해하지 못 했으면 수업 후에 선생님에게 오세요. 다시 설명해 줄게요. (다른 친구들을 보며)그리고 여러분, 한국에 새로 온 알리나 씨와 네히르 씨를 많이 도와주세요.

학생들: 네, 알겠습니다.

네히르: 고마워요.

한 학기 일정에 대한 안내를 마치고 첫 수업이 시작된다. 각 반에서는 급에 맞추어 수업이 진행된다. 복도에는 각 반에서 나오는 선생님의 목소리와 학생들의 응답소리, 웃음 소리로 화음을 이룬다.

얼마예요?

오즈게는 고향에서 가져온 작은 인형과 새것이지만 사용하지 않은 텀블러를 학교에 가지고 간다. 룸메이트인 마리아나는 핸드 크림과 머리핀을 준비한다. 학생들은 비싸지 않으면서 자신이 사용하지 않을 물건을 두 개씩 가지고 와야 한다. 오늘은 1급 반에서 물건 사고팔기를 하는 날이다. 'N하고 N 주세요', '얼마예요?', '천원이에요', '깍아 주세요', '여기있어요' 등을 말하는 활동이다. 선생님은 수업용으로 사용하는 가짜 돈을 학생들에게 나누어 준다.

선생님: 여러분, 물건이 있어요? 책상 위에 물건을 놓으세요. 물건을 사고 팔 거예요. 물건을 두 개 사요. 문법을 말하세요. 선생님이 먼저 물건을 사요. 여러분은 보세요.

선생님이 오즈게에게 먼저 가서 활동의 예를 보여준다.

선생님: 안녕하세요? 뭐가 있어요?
오즈게: 인형하고 텀블러가 있어요.
선생님: 텀블러 주세요. 얼마예요?
오즈게: 십 천원이에요.

선생님: 네? 얼마예요?

오즈게: 음, 만원이에요.

선생님: 비싸요. 좀 깍아주세요.

오즈게: 오천원이에요.

선생님: (오천원을 주며) 여기 있어요.

오즈게: (텀블러를 주며) 여기 있어요.

선생님: 고맙습니다. 안녕히 계세요.

학생들은 눈을 반짝이며 무엇을 살지, 어떻게 말할지 준비한다. 선생님이 오즈게에게 물건을 사라고 말한다. 오즈게는 자리에서 일어나서 친구들을 둘러보다가 관심이 가는 물건이 있는 자리로 간다. 리사는 컵라면 두 개를 가지고 있다.

오즈게: 안녕하세요?

리사: 안녕하세요?

오즈게: 한 개 라면 얼마예요?

리사: 라면 한 개에 이천원이에요.

오즈게: (눈을 크게뜨고) 이천원? 비싸요. 이마트 구백원이에요.

학생들이 깔깔 웃는다.

리사: 그럼 천원이에요.

오즈게: 비싸요. 깍아주세요.

리사: 안돼요. 안 비싸요. 그럼 두 개 이천원이에요.

오즈게: 그럼 두 개 주세요.

리사: 여기있어요.

이어서 학생들이 모두 돌아가며 물건을 사고 판다. 발음과 문법 실수를 할 때마다 모두들 재미있어하며 즐겁게 활동을 한다. 학생들이 가져온 물건이 다양하여 재미를 더한다.

2급 학생들은 오늘 나의 인생그래프 만들기 활동을 한다. 선생님이 활동지를 주면 태어났을 때를 0으로 시작하여 좋은 일이 있으면 위쪽으로 안 좋은 일이 아래쪽으로 점을 찍은 후 선으로 연결하여 산 모양과 같은 그래프를 만드는 것이다. '-기 전에', '-은 후에', '-아/어 지다', '-게 되다'를 연습하는 활동이다.

선생님: 여러분 종이를 다 받았어요? 여러분의 인생그래프를 만들 거예요. 먼저 선생님의 인생그래프를 보세요. (종이를 보여주며 예를 들어 발표를 시작한다) 저는 2000년에 태어났어요.
학생들: 네?
선생님: (하하 웃으며) 저는 선생님이 아니에요. 나나예요. 여러분 친구예요.
학생들: 네, 인정!

학생들이 선생님이 자주 말하는 '인정'을 말하면서 한바탕 깔깔거리고 선생님은 다시 발표를 이어간다.

선생님: 저는 2000년에 태어났어요. 제가 태어났을 때 부모님은 아주 기뻐하셨어요. 하지만 저는 5살에 동생이 태어나기 전에는 심심했어요. 동생이 태어난 후에 즐거워졌어요. 그리고 8살에 초등학교에 입학한 후에 친구가 많아져서 더 즐거웠어요. 그런데 14살 때 이사해서 친구와 헤어지게 돼서 슬퍼졌어요. 그리고 15살 때는 몸이 아파서 병원에 입원하게 되었어요. 또 고등학생 때 공부를 많이 해야 해서 스트레스를 받았지만 대학교에 입학한 후에는 다시 즐거워졌어요. 지금은 대학교에서 좋은 친구를 많이 사귀게 되어서 아주 행복해요.

선생님이 예를 들어 발표문을 보여준 후 학생들에게 자신의 인생그래프를 그려 볼 시간을 준다. 학생들은 진지하게 또는 재미있게 활동지를 완성한다. 선생님은 학생들 사이를 돌아다니며 질문에 답하고 문법을 잘 사용하는지 확인하고 어려운 어휘는 설명해 준다.

선생님: 네, 여러분, 이제 누가 먼저 발표를 할까요?
크리스티나: 저는!
선생님: 네, 크리스티나 씨부터 발표할 거예요. 여러분 잘 들어보세요.
크리스티나: (그래프를 학생들이 볼 수 있도록 들고 발표를 시작한다) 저는 2005년에 태어났어요. 제가 태어났을 때 행복해요, 아니에요, 저는 몰라요. 0이에요.

학생들이 미소지으며 동의의 끄덕임을 보인다. 크리스티나는 다시 발표를 이어 간다.

크리스티나: 저는 4살 때 아주 아파졌어요. 그래서 안 좋아졌어요. 5살 때 학교에 가게 돼서 기뻐졌어요. 6살 때 춤을 잘 하게, 추게 돼서 더 행복해졌어요. 10살 때 이사를 하게 돼서 친구와 헤어지게 돼서 아주 슬퍼졌어요. 15살 때 춤 대회에서 상을 받게 돼서 기뻐졌어요. 17살에 저는 한국에 오고 싶었어요. 한국에 오기 전에는 행복했는데 한국에 온 후에 더 행복해졌어요.
선생님: 네, 아주 잘했어요, 한국에 오기 전에도 행복했고 한국에 온 후에는 더 행복해졌어요. 다음 누가 발표할까요? 우리 모두 발표할 거예요.

이렇게 문법을 사용하여 모두 발표를 하는 동안 그래프의 모양도 가지각색이고 스무 해 남짓 산 학생들의 인생 표현도 다양해서 서로의 발표를 흥미롭게 경청한다. 발표를 마친 후에는 그래프를 교실 벽에 붙이고 즐거워한다.

3급에서는 나만의 요리법을 쓰고 그림과 함께 발표하는 활동이 있다. 3-4명이 모둠을 이루어 활동한다. 무슨 요리를 할지, 재료와 요리법을 어떻게 쓸지, 그림을 어떻게 그릴지 모둠원이 상의하여 작성한다. 작성한 후에 모둠별로 발표한다. '다듬다', '썰다', '섞다' 등 요리 준비에 관계된 어휘와 '볶다', '찌다', 부치다' 등 요리 방법에 관계된 단어를 사용하고 '먼저', '그 다음에', '마지막으로' 와 같은 어휘를 사용하여 요리법을 설명하는 활동이다.

선생님: 여러분, 어제 파전 만드는 법을 배웠어요. 필요한 재료와 요리법을 모두 배웠는데 오늘은 여러분이 음식을 만들 거예요.
학생들: 진짜 요리해요?
선생님: (하하 웃으며) 교실에서는 요리를 할 수 없어요. 그래서 종이에 여러분이 만들 요리를 정하고 재료와 요리법을 쓸 거예요. 여러분의 고향 음식을 만들어도 되고 고향 음식과 한국의 음식을 섞은 새로운 음식을 만들어도 돼요. 제가 만든 음식을 한번 볼까요?

선생님이 미리 만들어 둔 두 장의 종이를 학생들에게 보여준다. 한 장에는 음식의 이름과 그림이 그려있고 다른 한 장에는 재료와 요리법이 쓰여있다.

선생님: 저는 한국의 김밥과 러시아의 올리비에를 섞은 '올리비에 김밥'을 만들었어요.

학생들: (그림을 보고 감탄한다) 와!

선생님: 제가 만든 요리는 '올리비에 김밥'이에요. 한국의 김밥과 러시아에서 새해에 먹는 올리비에를 섞은 음식이에요. 올리비에에 주로 야채가 들어가기 때문에 채식주의자를 위한 김밥이라고 생각해도 될 것 같아요.

마리아: 선생님, 맛있겠어요. 고향 음식이 생각나요.

선생님: 네, 그림만 봤는데도 맛있겠지요? 재료는 김과 밥, 깻잎과 단무지, 그리고 올리비에 재료예요. 올리비에 재료는 감자, 당근, 오이, 완두콩, 계란, 마요네즈, 소금 약간이에요. 올리비에는 재료를 삶은 후 완두콩 크기의 작은 사각형으로 잘라서 마요네즈로 섞은 샐러드예요. 요리법은 먼저, 올리비에를 만든다. 그 다음에 김 위에 밥을 얇게 펴서 올려둔다. 그리고 그 위에 깻잎을 두 장 펼쳐 둔다. 그 깻잎 위에 올리비에를 올린다. 그리고 속이 나오지 않도록 잘 만다. 마지막으로 먹기 좋게 잘 썰어서 접시에 올린다. 괜찮아요?

선생님의 지시에 따라 3-4명이 책상을 모아서 모둠을 만들고 무슨 음식을 만들지 상의한다. 그리고 필요한 재료의 이름이나 요리법이 어려우면 휴대폰으로 사전도 검색한다. 그림을 잘 그리는 학생은 벌써 음식의 그림그리기를 시작한다. 역할을 나누어 음식을 만드는 활동에 참여한다. 선생님은 학생들 사이를 돌아다니며 질문에 답하며 도와준다.

선생님: 여러분, 발표 준비됐어요? 모두 같이 앞에 나와서 친구들에게 음식에 대해서 설명해야 해요. 어느 팀이 먼저 할까요?

네히르: 제 팀이 할게요.

선생님: 네, 좋아요. 앞으로 나오세요.

네히르 팀은 자신들이 만든 음식 그림과 요리법이 쓰여 있는 종이를 학생들을 향해 들고 번갈아 요리에 대해 설명한다.

네히르: 제 팀의 음식은 플러브케밥이에요. 플러브케밥은 우즈베케스탄 음식과 튀르키예 음식을 섞어서 만든 음식이에요. 양고기와 야채를 넣어서 볶은 후에 케밥 도우에 싸서 먹는 음식이에요.

아니타: 재료는 밀가루, 밥, 양고기, 양파, 토마토, 피망, 올리브 오일, 소금, 후추, 마늘입니다.

카밀라: 먼저, 밀가루를 반죽해서 넓게 편 다음 잘 구워줍니다. 빵이 됩니다.

네히르: 그 다음에 양고기, 양파, 토마토, 피망은 작게 썰어줍니다. 마늘은 다집니다.

아니타: 그리고 프라이팬에 올리브 오일을 넣고 마늘을 볶아요. 그리고 양고기를 먼저 볶은 후에 야채를 볶아요. 거기에 밥을 넣고 소금과 후추를 조금 넣고 볶음밥을 만들어요.

카밀라: 그 다음에 넓은 빵 위에 볶음밥을 넣고 잘 말아줍니다. 마지막으로 접시 위에 예쁘게 놓으세요. (그림을 가리키며) 그러면 이렇게 맛있는 플러브케밥입니다.

학생들은 급우의 작품에 박수를 보낸다. 이어서 크림 떡볶이, 바나나 볶음밥, 똠양찌개, 인삼치킨수프 등 한국 재료와 고향의 재료를 섞은 음식을 소개하고 쓰기와 말하기를 연습하는 시간을 가진다.

발표할 때 긴장돼요

    어학원에서 10주간의 한 학기 수업을 듣는 동안 5주를 공부하고 중간시험, 그 다음 5주를 공부하고 기말시험을 치르게 된다. 시험은 듣기, 읽기, 쓰기의 필기 시험과 말하기 시험으로 나뉜다. 말하기 시험은 선생님과 학생의 인터뷰, 학생 간의 대화구성, ppt발표로 이루어진다. 오늘은 ppt 발표를 하는 날이다. 발표하는 날은 긴장되기는 하지만 축제 같은 날이라서 학생들은 취업 인터뷰라도 되는 날인 것처럼 복장에 신경 쓰고 화장도 정성껏하고 참여한다. 처음 배우는 1급 학생을 좀 덜하지만 급이 올라갈수록 무언의 약속처럼 그렇게 축제를 한다.

    비슷한 주제의 고향소개일지라도 1급에서 쉬운 문법을 사용한 단순한 고향 소개라면, 2급에서는 고향의 여행지 소개, 3급에서는 고향의 특별한 기념일 소개 등 주제가 분화되고 심화되어가며 급별로 익힌 문법을 잘 사용해야 한다.

    마리아나는 다이아몬드 모양의 멕시코 전통문양이 들어가 있는 티셔츠를 입고 학교에 간다. 솜브렐로를 한국에 가지고 왔으면 좋았을텐데 그러지 못한 것이 좀 아쉽다. 오늘 마리아나의 ppt발표 주제는 멕시코소개이다. 오즈게도 평소의 맨 얼굴이 아니고 화장을 예쁘게 했다. 선배 학생들이 회사에 가는 것처럼 차려입은 것을 보고 마리아나와 오즈게는 놀랍다는 표정으로 서로를 잠깐 보고 어학원 건물로 들어간다.

교실에 들어가니 선생님이 반갑게 인사해 주시고 전자TV 위에는 어젯밤까지 학생들이 선생님께 보낸 ppt파일들이 다운로드 되어있다. 학생들은 다소 긴장한 듯한 표정으로 발표 내용을 암기하느라 웅얼거리고 있다.

선생님: 여러분, 긴장하지 마세요. 여기는 여러분의 방이에요. 생각하세요. 종이를 안 보고 말하세요. 마리아나 씨, 앞으로 오세요.
마리아나: 여러분, 안녕하세요? 우리 나라를 소개할 거예요. 우리 나라는 멕시코예요. 한국에서 멕시코까지 비행기로 14시간쯤 걸려요.

마리아나는 멕시코를 소개하는 발표를 시작한다. 멕시코의 타코, 또띠야 등 음식과 바다, 사막 등 자연을 소개 한 후 멕시코의 전통 축제인 죽은 자의 날에 대해 소개한다. 멕시코 사람들은 파티를 좋아하고 춤을 잘 춘다는 설명도 곁들인다. 그리고 전통 모자인 솜브레로에 대한 소개로 발표를 마친다.

마리아나: 멕시코 사람들은 항상 솜브레로를 쓰고 있어요. 멕시코에 한번 와 보세요. 나하고 같이 솜브레로를 쓰고 사진을 찍을까요?

3급 교실에서는 고향의 특별한 명절이라는 주제로 발표를 한다. 초급 학생들과 다르게 좀 더 여유가 있는 분위기이다. ppt를 만들 때에도 좀 더 적극적으로 자료를 찾아서 올리고 영상도 추가하며 완성도가 높은 ppt를 제작한다.

선생님: 여러분, 긴장하지 말고 여기가 내 방이라고 생각하고 편하게 발표하세요. 원고를 보면 감점이 있으니까 원고를 여러분 책상에 두고 나오세요. 나데즈다 씨부터 발표를 하겠습니다.
나데즈다: 여러분, 안녕하세요? 지금부터 제 발표를 시작하겠습니다. 제 발표 주제는 나우르즈 명절입니다. 나우르즈는 음력 3월 21일부터 23일까지 있는 카자흐스탄의 중요한 명절입니다.

나데즈다는 나우르즈의 시기가 한국의 춘분과 같이 낮과 방의 길이가 같아지는 때에 열리는 축제라고 알려준다. 이 때가 카자흐스탄의 새해이며 이 명절 기간에 전통 옷을 입고 나우르즈 코제라는 음식을 먹는다고 전통 옷과 음식의 사진을 보며 설명한다. 명절에는 집에 친척들과 이웃 사람들이 방문하고 즐겁게 이야기도 나눈다. 또 전통 악기인 돔브라를 치면서 즐거운 시간을 보낸다고 하며 악기를 연주하는 영상을 보여준다.

나데즈다: 나우르즈에는 다양한 맛있는 전통 음식을 먹으면서 3일 동안 즐겁게 보낼 수 있기 때문에 저는 나우르즈를 좋아합니다. 여러분이 나우르즈 때 제 고향을 방문하면 다양한 전통 행사를 체험할 수 있으니까 추천합니다. 지금까지 제 발표를 들어 주셔서 감사합니다. 여러분 질문이 있어요?
알리나: 없어요. 지금 말하면 우리 외운 거 모두 기억할 수 없어요.

학생들이 깔깔 웃으며 동의한다. 사실 친구가 앞에서 발표할 때 잘 들어야 하지만 내 순서를 기다리며 암기한 것을 잊어버리지 않으려고 안간힘들을 쓰고 있다. 다음 순서로 네히르가 튀르키예의 라마단, 메이슨이 미국의 할로윈, 아리나가 러시아의 마스레닛사 등을 차례로 발표한다. 모든 발표가 끝나고 선생님은 간단히 총평을 하고 시험을 말하기 발표를 마무리한다.

선생님: 여러분, 발표를 잘 들었습니다. 모두 잘했어요. 발표는 여러분이 수업 시간에 배운 문법을 사용하여 글을 쓰고 읽어보고 외워서 말하는 쓰기, 읽기, 말하기를 모두 연습할 수 있는 시간이에요. 또 친구들이 발표할 때 잘 들어야 하니까 듣기를 연습할 수도 있어요. 여러분은 발표하는 날 긴장되겠지만 저는 아주 즐거워요. 이날은 여러분이 선생님이고 제가 학생이 되는 것 같아요. 저는 여러분이 고향에 대해서 발표할 때 다른 나라에 대해 알게 되어서 아주 기뻐요. 여러분 덕분에 제 세계가 넓어져요. 여러분이 저의 우주예요. 유 아 마이 유니버스.

선생님은 학생들이 이해할 수 있도록 또박또박 튼 소리로 이야기 한다. 학생들은 선생님이 쉬는 시간에 가끔씩 콜드플레이와 BTS의 'You are my universe'를 들려준 것을 기억하고 오늘 발표가 잘 끝난 것에 만족하며 집으로 돌아간다.

멕시코를 소개합니다

-마리아나

여러분 안녕하십니까?
오늘 우리나라를 소개할 거예요.

우리 나라는 멕시코예요.

한국에서 멕시코까지 비행기로 14시간쯤 걸려요.

멕시코에 과일하고 야채가 많이 있어서 음식과 음료수는 맛있어요.

멕시코의 유명한 음식이 타코와 타말과 엘러테예요.

멕시코 사람들이 매일 또띠야를 먹어요.

그리고 맛있는 술은 테킬라예요.

하지만 많이 마시지 마세요!

멕시코 시장에서 과일을 사면서 아름다운 광경을 볼 거예요.

멕시코에서 친구하고 파티에 가면 끝난후에 친구한테
타코를 사다 줘요.

멕시코에서만 테킬라와 너팔이 있어서 지금 먹고 싶어요.

여러분 멕시코에 가면 길거리 음식을 먹어야 돼요.

멕시코 어머니들은 요리를 잘 해서 매일 시장에서 쇼핑하러 가요.

멕시코 음식이 맛있겠지요?

멕시코에 바다와 사막과 시티가 있고 소치밀코로 가서 트라히네라 배를 타야 돼요.

멕시코 전통은 디아테 무엘터스이고 가을에 있어요.

디아테 무엘터스는 죽은 사람의 날이에요.

죽은 가족한테 꽃과 음식을 줘요.

여러분 코코 영화를 봤어요?

코코에 죽은 사람의 날에 대한 이야기가 있어요.

멕시코에 봄부터 겨울까지 더워서 사람들은 항상 파티와 술을 마시고 싶어 해요.

춤을 추면서 테킬라와 미첼라다를 마셔요.

미첼라다는 맥주예요.

파티가 있으면 춤을 출 수있을 거예요.

멕시코 사람들은 항상 솜브레로를 쓰고 있어요.

솜브레로는 모자예요.

멕시코에 한번 와 보세요.

나하고 같이 솜브레로를 쓰고 사진을 찍을까요?

문화 체험 활동

   오늘은 하이커 그라운드에 간다. 중간시험을 마친 후에는 하루 간의 체험 활동이 있는데 경복궁이나 박물관과 같은 한국의 역사나 문화를 체험하는 장소에 가거나 롯데월드나 에버랜드 등 놀이 시설에 가기도 한다. 오늘은 한국의 문화 관광공사 건물에 전시되어있는 하이커 그라운드에서 K 팝, K 드라마, K 게임 등의 체험을 하려고 한다. 이곳에서는 자신이 K 아티스트가 된 것처럼 꾸미고 춤을 추고 노래를 해보거나 전시된 자료를 구경할 수 있다.

   2호선을 타고 을지로입구역에서 내리거나 1호선을 타고 종각역에 내리면 청계천 바로 옆에 있는 하이커 그라운드에 갈 수 있다. 을지로입구역에 내려서 명동 거리와 남산을 뒤로 하고 거리를 오 분쯤 올라가면 된다. 아니면 종각역에 내려서 종각과 종로타워 빌딩의 남쪽으로 거리를 내려가다가 청계천을 가로지르는 광교를 건너서 오른편 청계천 변에 하이커 그라운드의 입구가 보인다.

   크리스티나와 로만은 종각역에 내렸다. 10시에 하이커 그라운드 입구에서 선생님과 친구들을 만나기 위해 걸음을 재촉한다. 광교에 올라서자 오른편으로 저 멀리 청계천 시작지점에 있는 원뿔모양의 트리가 보인다. 청계천과 양쪽의 산책로와 나무들, 그리고 길 양옆의 고층 건물들이 어우러져 매우 도회적이면서도 자연을 느낄 수 있는 풍경이 펼쳐져 있다.

크리스티나: 로만, 잠깐 서. 나 찍어줘.

로만: 알았어.

　

로만은 광교의 중앙에 서서 크리스티나를 찍어준다. 크리스티나 뒤로 광교의 난간과 청계천과 높은 건물들이 수평과 대각선의 구조를 이루도록 잘 찍어준다. 그리고는 브이를 하고 둘이 같이 셀카도 찍는다. 다시 서둘러 다리를 건너서 오른쪽으로 돌아서자 멀지 않은 하이커 그라운드 입구에 선생님과 여러 친구들이 보인다.

크리스티나: (머리를 크게 숙여 인사하며) 선생님, 안녕하세요!

로만: 선생님, 안녕하세요.

선생님: 크리스티나 씨, 로만 씨, 안녕하세요. 여러분, 여기서 우리 모두 사진을 찍고 나서 5층 카페로 먼저 갈 거예요. 거기에서 오늘 무엇을 할지 알려줄 거예요.

　

학생들이 모두 도착한 후 하이커 그라운드 건물 앞에 있는 안경 쓴 사람 모양의 큰 캐릭터 인형 앞에 모두 모여 단체 사진을 촬영한다. 그리고 선생님을 따라서 줄지어 입구로 들어 간다. 입구에 들어서자 마자 전체 벽면에 역동적인 영상이 펼쳐진다. 서울의 이모저모 랜드 마크들과 한복 차림의 캐릭터들이 나오는 영상이다. 여기에서도 크리스티나와 로만은 사진을 찍으며 이동한다. 그리고 5층으로 올라간다. 카페이자 휴식 공간에 모두 들어선 후 여기저기 편하게 앉아서 선생님에게 주목한다

선생님: '하이커 그라운드'는 한국(KR)이 인사(Hi)를 한다는 뜻이에요. '하이커(HiKR)'와 놀이터(Playground)를 의미하는 '그라운드(Ground)'를 합친 말이에요. 한국에 온 여행자들이 즐겁게 놀수 있는 장소라는 뜻이라고 해요. 1층에는 하이커 월(HiKR Wall)이 있어요. 좀 전에 봤지요? 2층에는 K 팝 그라운드가 있어요. 여러분이 가수가 된 것처럼 스테이지에서 노래 부르면서 촬영을 할 수 있어요. 3층과 4층에도 다양한 체험 부스가 있으니까 모두 체험해 보세요. 선생님은 여러분을 찾아다니면서 영상을 찍을 거예요. 그리고 12시에 2층 K 팝 그라운드의 지하철 코너에서 만나요. 여기에서 우리 모두 같이 영상을 찍을 거예요. 괜찮아요? 자, 이제 모두 가세요!

마리아: 선생님, 우리 가방하고 옷을 여기 소파 위에 놓고 가도 돼요? 우리는 예쁘게 사진을 찍고 싶어요.

선생님: 그럼, 이쪽 벽 아래에 놓을까요? 소파에는 다른 사람들이 앉고 싶을지 몰라요. 여기 바닥도 깨끗하니까 여기에 모두 나란히 놓읍시다.

몇몇 학생들은 아침에 쌀쌀할까 봐 입고 온 겉옷과 큰 가방을 벽 아래에 나란히 내려놓는다. 다른 친구들도 망설이다가 옷을 벗어 놓고 자리를 뜬다. 겉옷을 벗으니 K 팝 아이돌 못지 않은 차림새들이다. 학생들은 자신들이 체험하고 싶은 장소로 무리를 지어 떠나간다. 마리아는 다른 학생들과 함께 내려가지 않고 5층에 남아 도너츠와 커피를 파는 카페로 간다. 릴리아도 같이 카페로 간다.

선생님: 마리아 씨, 릴리아 씨, 아침을 못 먹었어요?

마리아: 네, 선생님. 도너츠 먹은 후에 2층에 가려고 해요.

선생님: 릴리아 씨, 오늘 아주 예쁘네요. 릴리아 씨는 춤도 잘 추지요? 빨리 먹고 2층 K 팝 코너에서 영상을 찍어 보세요.

릴리아: 네, 알겠습니다!

선생님은 먼저 내려간 학생들 뒤를 이어 아래층으로 내려간다. 자신들의 성향에 맞게 이곳저곳을 구경하는 학생들을 따라다니며 선생님은 영상을 찍기에 바쁘다. 선생님이 나타나면 체험하는 모습을 연기를 해 주는 학생도 있지만 부끄러워하며 피하기도 한다. 크리스티나와 로만은 학교 유튜브 영상에 자주 등장한 바가 있어서 자연스럽게 행동을 하고 찍히는 것을 좋아하는 눈치이다. 3층의 K 드라마 가상체험 공간에서는 가상현실 체험용 안경을 쓰고 체험에 참여하는 모습을 찍도록 협조해 준다. 그리고는 또 다른 코너로 이동한다. 크리스티나와 로만의 뒤를 바쁘게 쫓아가니 더 역동적인 영상이 나올 것 같다.

2층에 내려가니 지하철코너에 여러학생들이 사진을 찍기에 바쁘다. 한국의 지하철 모양을 그대로 옮겨 놓고 조명이 있으니 뮤직 비디오 찍기에 아주 적합한 세트이다. 그 옆에는 세탁기와 건조기가 위아래로 여러 대 놓여있는 빨래방 컨셉의 코너가 있고 또 그 옆에는 우주선 내부의 모양을 본 딴 코너가 있는데 네히르와 엘리프, 오즈게가 음악에 맞추어 춤을 추며 영상을 찍고 있다. 선생님은 세 학생들의 모습을 영상에 담고 큰 음악 소리가 나는 중앙 무대 쪽으로 오니 크리스티나와 로만이 시시각각 그림이 변하는 대형 스크린의 영상을 배경으로 하고 춤을 추고 있다. 하이커 그라운드의 직원도 추임새를 넣어주며 두 친구가 더 신나게 춤을 추도록 격려하고 있다.

직원: 와, 정말 대단한 무대입니다. 신청곡 있어요? 무슨 음악이 자신있어요?

크리스티나: (로만과 잠시 얘기하더니) '꽃'해 주세요.

직원: 아, 네. 블랙핑크 지수의 '꽃' 말이죠? 자, 음악 주세요!

크리스티나와 로만은 음악에 맞추어 두 손을 모아 꽃 모양을 만들고 손을 빙 돌리는 '꽃'안무를 정확하게 만들어 낸다. 2층에 있던 친구들과 다른 관광객들이 모여 이 작은 공연을 즐겁게 바라본다. 선생님은 이 장면 또한 놓치지 않고 영상에 담는다. 직원은 큰 장식용 선글라스에 화려한 색깔의 옷을 입고 있으며 K 팝에 대해 모든 것을 알고 있다는 듯 '꽃'의 안무도 같이 따라한다. 선생님은 직원의 모습과 학생들의 모습을 모두 영상에 담는다. 음악이 끝나고 크리스티나와 로만의 춤도 끝나자 사람들은 큰 박수를 친다.

선생님: 저, 괜찮으시면 잠시후에 우리 학생들하고 영상을 찍어주실 수 있으세요. 12시에 지하철 코너에 모두 모여서 짧은 뮤지컬 같은 영상을 찍으려고 하는데 참여해 주시겠어요?
직원: 네, 물론이죠.

곧 12시가 되어 학생들이 모이자 선생님은 지하철 칸에 학생들을 한 줄로 세우고 맨 앞에 직원을 서게 한 후 1분짜리 영상의 내용을 설명한다.

선생님: 직원분이 맨 앞에서 '여러분, 하이커 그라운드에 오신 것을 환영합니다!'라고 말한 후 옆으로 나가주시면 학생들이 자신이 원하는 포즈를 취하고 한 사람 씩 옆으로 사라지는 영상을 찍을 거예요.
직원: 아하, 네, 알겠어요.
선생님: 여러분, 잘 이해했지요? 자 시작!
직원: 여러분, 하이커 그라운드에 오신 것을 환영합니다!

라고 말하고 직원이 옆으로 피해 주고 학생들도 자신이 원하는 포즈를 취하고 한 사람씩 옆으로 사라진다.

선생님: 여러분, 한 번 더 해봐요. 자, 시작!
직원: 여러분, 하이커 그라운드에 오신 것을 환영합니다!

이렇게 하이커 그라운드의 체험 영상이 완성되고 즐거운 추억을 하나 더 만든다.

수료식

    오늘은 모든 수업과 시험을 다 마치고 수료식을 하는 날이다. 진급을 하게 될지 한 번 더 공부해야 할지 대략 추측할 수 있고 추측은 별로 빗나가는 일이 없다. 어쨌든 오늘 이후로 2주간의 방학이 더 기다려진다. 혹시 유급이 예상되어 학교에 안 오는 학생이 있을까봐 어제 김유진 선생님은 학생들에게 이렇게 말했다.

선생님: 여러분, 내일 모두 학교에 오세요. 내일 1교시부터 3교시까지는 문화 활동으로 비즈 팔찌
    만들기를 할 거예요. 그리고 4교시에 수료식을 할 거예요. 혹시 4급에 못 올라갈까봐 부끄러워서
    학교에 안오면 안돼요. 3급 문법이 좀 어렵기 때문에 한 번 더 공부하는 경우가 많으니까 실망하지
    마세요. 우리 모두 친구니까 마지막 수업을 같이하면 좋겠어요.

    카밀라가 교실에 들어오자 전자TV에 수료식이라는 글자가 크게 눈에 들어온다. 선생님은 학생들에게 나누어 줄 비즈 구슬과 실 등 재료를 미리 나누고 있다.

카밀라: 선생님, 안녕하세요.
선생님: 네, 카밀라 씨 안녕하세요.

카밀라: 제가 도와드릴까요?

선생님: 네, 고마워요, 카밀라 씨. 이 줄을 25cm 정도로 잘라서 친구들 책상 위에 두 개씩 놓아 주세요.

학생들이 하나 둘 모이고 선생님이 준비한 색색의 작은 구슬에 관심을 보인다. 선생님이 이미 안내한 것처럼 먼저 문화 활동이 있고 마지막 시간에 수료식이 진행될 것이다. 선생님이 자신의 팔에 차고 있는 팔찌를 보여주며 학생들이 원하는 색의 구슬을 엮어서 팔찌 만드는 법을 알려준다. 유튜브 채널을 TV에 띄워 놓고 꽃 모양 비즈만들기 등 다양한 응용 사례가 있음을 알려준다. 보통 단순한 일자형으로 만들지만 솜씨가 좋은 학생들은 꽃 모양을 시도해 보거나 키링 형태로 만들기도 한다.

선생님: 여러분, 여기에 줄이 많이 있으니까 더 만들고 싶으면 잘라 가세요.

카밀라: 선생님, 목걸이를 만들어도 돼요?

선생님: 네 괜찮아요. 그럼 줄을 더 길게 자르세요.

학생들이 만드는 방법을 익히고 작업에 속도가 붙는 것을 확인한 후 선생님은 노래를 들으며 즐겁게 만들 수 있도록 유명 K 팝 가수의 노래를 들려준다. 학생들은 노래를 따라 부르기도 하며 즐겁게 활동을 이어간다. 선생님은 학생들 사이를 돌며 관찰하다가 줄을 묶는 작업에 힘들어 하는 학생들을 도와준다. 모두들 2개는 만들었고 손이 빠른 학생은 부모님께 선물로 드리겠다며 몇 개 더 만들기도 하고 줄을 짧게 하여 반지를 만든 학생도 있다.

선생님: 여러분, 아주 잘 만들었네요! 혹시 박물관에서 지금 여러분이 만든 비즈와 비슷한 목걸이를 본 적이 있어요? 예전에는 색깔이 있는 돌을 작은 구슬로 만들어서 목걸이를 만들기도 했어요. 만들기 힘들었어요. 그런데 지금은 플라스틱으로 쉽게 누구나 만들 수 있네요. 다음에 박물관에 가면 한번 찾아보세요.

비즈활동을 마무리하고 이제 수료식을 할 시간이다. 학생들은 자신의 책상 위를 정리하고 남은 구슬과 용품들을 선생님 자리에 가져다 놓는다. 모두 둥글게 모여 팔지를 한 채로 손을 모아서 사진을 찍어두는 것도 잊지 않는다.

선생님: 여러분, 오늘 수료식을 마치고 고향에 돌아가는 친구가 있어요. 에밀리앙 씨는 내일 고향에 돌아가지요?

에밀리앙: 네, 선생님.

선생님: 오늘은 친구들하고 송별회를 할 거예요?

에밀리앙: 네, 우리 모두 같이 저녁을 먹을 거예요.

메이슨: 그리고 저하고 에밀리앙은 여행을 할 거예요.

에밀리앙: 여행을 한 후에 고향에 돌아갈 거예요.

선생님: 아, 그래요? 어디에 가요?

메이슨: 에밀리앙은 부산을 좋아해요. 그래서 부산에 가고 경주에도 갈 거예요.

선생님: 네, 좋아요. 여러분들이 고향에 돌아간 후에도 서로 연락하고 계속 친구로 지내면 좋겠어요. 다음에 한국에 오면 선생님에게 꼭 연락해 주세요.

에밀리앙: 네, 연락할게요. 선생님도 프랑스에 오시면 저한테 연락해 주세요.

수료식이 시작 되면 먼저 한 학기 동안의 수업 활동과 문화체험의 사진과 영상을 모아 만든 수료식 영상을 먼저 시청한다. 자신의 사진이 나오면 좀 쑥스러워하기도 하고 재미있는 영상이 나오면 크게 웃기도 하면서 10주간의 추억을 돌아본다.

선생님: 이제 수료증을 주도록 하겠습니다. 친구가 수료증을 받으면 축하해 주세요. 자, 에밀리앙 씨. 앞으로 나오세요.

수료증을 수여할 때 마다 학생들은 큰 박수로 축하한다. 성적이 좋지 않을 거라고 예상하여 기대하지 않고 있다가 이름을 호명 받은 학생은 기뻐하며 눈물을 글썽거리기도 한다. 친구들은 더 큰 박수로 축하해 준다. 수료식이 모두 끝나고 선생님과 함께 사진을 찍고 인사를 나눈다.

선생님: 여러분, 방학 잘 보내고 다음에 만나요.

나의 한국생활

나는 한국에서 살고 있는 외국인 학생이다. 한국에 온 지 거의 1년이 됐다. 오늘 한국에서의 나의 삶에 대한 이야기를 여러분과 나누고자 한다. 한국에 막 도착했을 때 나는 서울에서 길을 잃었다. 나는 아무에게도 도움을 청할 시간이 없었고, 어떤 남자가 나의 어색함을 알아차리고 즉시 나에게 도움을 제안했다. 내가 내 대학과 기숙사 있는 도시에 도착했을 때, 사람들도 나를 도왔다. 그때 나는 환경에 관점에 처한 사람들을 결코 부정하지 않은 매우 선량한 사람들이 살고 있다는 것을 깨달았다. 나중에 나는 새로운 삶에 적응했다. 나는 한국 기숙사가 부엌, 세탁소, 카페테리아, 심지어 체육관이 있는 그렇게 편안한 기숙사인지 몰랐다. 내 룸메이트는 나와 같은 나라의 소녀이다. 그래서 우리는 언어적인 장벽이 없다. 우리 수업은 1시에 끝난다. 우리는 종종 수업이 끝난 후에 산책을 하고 식당에 간다. 그래서 우리의 작은 마을에 맛있는 한국 음식을 먹을 수 있는 식당이 있다.

나는 한국에 노래방이 널리 퍼져 있고 친구들과 함께만 노래할 수 있는 것이 아니라 혼자서도 노래할 수 있는 많은 노래방이 있다는 점을 매우 좋아한다. 나 같은 내성적인 사람에게는 완벽하다. 새해에는 어떻게 안다. 친구들과 함께 기숙사에서 다양한 음식이 담긴 거대한 테이블을 만들고 싶었지만 한국 의 음식들은 왜 비싼 것으로 판명되었다. 과일과 야채 가격이 특히 비쌌다. 그러나 이것은 사소한 단점이다. 아름다운 옷을 한국에서 아주 싸게 살 수 있다는 점이 훨씬 더 나를 행복하게 한다. 여기 있는 사람들은 옷을 아주 편하게 입으면서 멋스러워 보인다. 나도 그런 거 잘 어울린다. 그래서 가끔 쇼핑을 하면 기분이 좋아진다. 나는 옷 외에도 음악 앨범을 자주 구입한다. 나는 한국 음악과 영화를 매우 좋아한다. 내가 좋아하는 음악을 어렸을 때부터 계속된다.

나는 항상 영웅과 같은 경험을 하고 싶었다 그리고 나는 할 수 있었다. 김질방에서 밤을 새우고 김밥을 먹고 편의점에서 바나나 우유를 마셨다. 친구들과 한강 공원에서 소풍을 갔다. 내가 좋아하는 드라마 촬영 현장을 많이 가 봤다. 나는 또한 여러 콘서트에 갔고 내가 좋아하는 아이돌 매우 가까이서 봤다. 많은 사람들이 같은 관심사로 뭉치는 것은 놀라운 일이다. 나는 팬들이 흔드는 빛의 바다를 보고 다른 나라 사람들과 이야기를 나누었다.

나는 한국에서 얻은 이 아름다운 경험을 영원히 잊지 못할 것이다.

나의 하루를 소개합니다

유학생의 하루

문이 열리지 않는다

괜찮아요?

생일 축하합니다

편의점

유학생의 하루

아침 8시에 알람이 울린다. 엘리프가 손은 뻗어 알람을 끄고 천천히 일어난다. 네히르도 알람 소리에 잠이 깼다. 엘리프는 피곤한 기색이 역력하다.

[튀르키예어 대화]
네히르: 엘리프, 어제 몇시에 잤어?
엘리프: 3시에 잤어.
네히르: 그럼, 오늘 잤네?

엘리프는 <도깨비>를 연속으로 몇 편을 보다가 새벽 3시경에 잠이 들었다. 네히르가 추천해 준 이 드라마는 정말 최고다. 여주인공은 너무 귀엽고 남자 주인공들은 아주 잘생겼다. 특히 저승사자 역의 이동욱은 엘리프의 이상형이다. 네히르는 도깨비 역의 공유가 더 좋다. 서둘러서 준비하고 학교에 가야한다. 선생님이 8시 55분까지 학교에 오라고 하셨지만 9시에 맞춰가기 바쁘다. 엘리베이터를 기다리다가 늦을 것 같아서 계단을 뛰어 내려간다. 기숙사 건물 밖으로 나와서 앞 건물을 옆으로 돌아서 어학원 건물에 가야하지만 시간이 촉박한 날에는 앞 건물의 현관에 카드를 대고 건물의 중앙을 통과하여 밖으로 나와서 건물과 건물을 통과하여 지름길로 갈 수 있다. 바쁜 와중에도 네히르는 엘리프에게 가슴을 가리키며 여기에 칼이 보이냐고 묻는다. 엘리프는 네히르의 가슴에서 칼을 잡아빼는 시늉을 하며 드라마처럼 연기를 하는데 옆으로 직원이 지나간다.

네히르: (머리를 숙이며) 안녕하세요?
직원: 안녕하세요. 어, 빨리 가요. 9시예요!
엘리프: 고맙습니다!

직원은 학생들의 달리는 뒷모습을 귀엽다는 듯이 바라보다가 자신의 일을 계속한다. 네히르와 엘리프는 복도에서 헤어져서 각자의 교실로 들어간다. 엘리프는 교실 뒷문으로 들어가서 자기 자리에 앉는다. 얼마 전에 또 드라마를 보다가 늦잠을 자서 지각했을 때 수업이 한창 중인 교실 앞 문을 열고 들어가 앉았었다. 선생님은 그때 미소로 어서 오라고 반겨주었지만 1교시 수업이 마쳐갈 때 수업 중 늦게 교실에 들어올 때는 뒷문으로 들어오는 것이 좋다고 모두에게 말씀해 주셨었다. 교실의 자리 배치는 ㄷ자형이다. 일주일에 한 번씩 자리를 바꾸는데 지금 엘리프의 옆 자리에는 스튜어트가 앉아 있다. 오른쪽 옆은 아라이인데 자리가 비어 있다.

선생님이 어제 배운 문법을 잠시 복습하고 새로운 문법을 제시한다. 문법을 보통 2개 배운 후에 말하기 대화를 배우게 된다. 말하기를 옆자리 친구와 연습한 후에 이것을 응용한 대화를 하게되는데 앞으로 나가서 대화를 할 때는 긴장되기도 하지만 재미있다. 오늘은 '-는 게 어때요?'를 배우는데 이것은 친구의 고민이나 걱정에 조언을 해주는 대화의 연습이다.

선생님: (TV에 배가 아픈 듯한 사람의 그림을 보고) 이 사람이 어떤 것 같아요?
크리스티나: 배가 아파요!
선생님: 네, 그럼 어떤 말을 해주고 싶어요?
로만: 병원에 가세요!
선생님: 네, 좋아요. 병원에 가세요. 병원에 가는 게 어때요?
선생님: (TV에 졸리는 듯한 사람의 그림을 보고) 이 사람이 어떤 것 같아요?
크리스티나: 피곤해요! 잠자고 싶어요!

선생님: 네, 그럼 어떤 말을 해주고 싶어요?

로만: 집에 가세요! 잠을 자세요!

엘리프: 집에 가는 게 어때요?

스튜어트: 쉬는 게 어때요?

문법을 배운 후 상황에 맞추어 두 사람씩 짝을 지어 대화 연습을 하고 앞으로 나와서 병원, 학교, 기숙사 등 여러 장소에서 일어날 만한 상황에 맞추어 역할극을 한다. 오늘의 수업을 마치고 선생님이 학생들에게 질문을 한다.

선생님: 오늘 수업은 여기까지예요. 오늘 배운 문법을 잘 연습하세요.

크리스티나: 선생님, 배고프세요?

선생님: 네, 배고프네요.

크리스티나: 그럼, 식당에 가는 게 어때요?

선생님: 네, 식당에 가야겠어요.

모두들 선생님에게 인사를 하고 친구들과 기숙사로, 식당으로 또는 편의점으로 간다. 엘리프는 복도에서 네히르를 만나서 기숙사로 걸음을 재촉한다. 기숙사에서 간단히 점심을 먹은 후에 낮잠을 청한다. 보통 식당이나 편의점에서 점심을 먹지만 오늘은 기숙사로 향한다. 오후에는 기숙사에서 쉬거나 교정에서 산책을 하기도 한다. 저녁이 되면 친구들과 같이 저녁을 만들어 먹는데 오즈게가 요리를 잘하는 편이라서 오즈게가 요리를 하면 같이 먹곤 한다. 오즈게의 룸메이트인 마리아나도 보통 같이 어울린다. 다른 국적의 친구가 같이 있으면 한국어를 많이 사용하게 된다. 고향 친구들과 있으면 모국어가 쉽게 튀어나오는데 여러 국적의 친구들이 모이면 영어를 사용하기도 하지만 가급적이면 한국어로 이야기하려고 노력한다.

마리아나: 밥 먹은 후에 운동할까요?

오즈게: 밖에 아니에요. 안에 어때요?

엘리프: 그럼, 1층 짐에서 테이블테니스 하는 게 어때요?

네히르: 좋아요. 1층 스포츠센터에서 탁구를 하는 게 좋겠어요.

1층 학생스포츠 센터에는 다른 학생들이 벌써 운동을 하고 있다. 탁구대 외에도 여러 가지 운동 기구들이 있어서 실내에서 운동할 수 있다. 팀을 나누어서 한바탕 운동을 하고 나면 몸이 더 상쾌해진다. 1층에는 학생들을 위한 휴게 공간이 많아서 여러 학생들이 모이는 만남의 장이 되기도 한다. 우편물이나 택배가 모여있는 공간에는 편한 복장과 슬리퍼 차림의 학생들이 자신에게 온 물건들을 찾아서 올라간다. 현관에는 배달시킨 음식을 받아서 올라가는 학생들도 보인다. 운동 후에 엘리프 일행이 카페 공간에 들어서자 음료를 마시면서 친구들과 이야기하는 학생들, 백색소음을 즐기며 공부하는 학생들이 여기저기 테이블에 흩어져서 시간을 보내고 있다. 로만 등 친구들과 이야기하고 있던 크리스티나가 엘리프가 있는 테이블로 다가온다.

크리스티나: 안녕, 엘리프.
엘리프: 크리스티나, 안녕
크리스티나: (카톡에 생일자에 스튜어트가 있는 것을 보여주면서) 이번주 목요일이 스튜어트 생일
이에요. 우리 같이 파티하는 게 어때요?
엘리프: 네, 좋아요.

친구들과 한국 생활에 대한 이런저런 이야기를 하다가 어두워지자 모두들 기숙사에 올라간다. 엘리프는 이제 어제 아니 오늘 새벽까지 보다가 멈춘 <도깨비>를 다시 봐야 한다. 네히르는 빨래를 하러 세탁실로 간다. 네히르가 오기 전에 먼저 씻고 침대에 자리를 잡는다. 둘이 살지만 화장실을 사용하려는 시간이 겹쳐서 서로 배려를 해야 한다. 네히르가 세탁실에 갔을 때 모든 세탁기가 사용 중이었다. 자세히 살펴보니 한 세탁기는 빨래를 다 한 상태인데 세탁물의 주인이 아직 가져가지 않은 것이었다. 네히르는 학생들이 모두 있는 단톡에 사진과 함께 문자를 올린다.

[카톡문자]
네히르: 누구예요? 세탁이 다 되어서 가져가는 게 어때요?
아라이: 저는. 기다리세요. Don't touch.
네히르: 네, 알겠어요.

이제 밤 10시가 넘자 대부분 자신의 방으로 돌아가 숙제를 하거나 하고 싶은 것을 하며 하루를 마무리 한다. 12시가 다 되어가면 기숙사 방마다 밝혀 있던 불도 꺼지기 시작하고 고요해지는데 <도깨비>를 보고 있는 엘리프의 화면 상단 위로 카톡 문자가 뜬다.

[카톡문자]
마리아: 밤 10시가 지났어요. 밖에 시끄러워요. 조용히 하는 게 어때요?

학교에서는 밤 10시 이후에는 큰 소리로 음악을 듣거나 떠들지 말자는 규칙이 있고 처음 일정을 안내 할 때 선생님도 이 규칙을 설명해 주신다. 오즈게는 이어폰을 끼고 드라마에 집중하고 있었기 때문에 밖에서 무슨 소리가 나는지도 몰랐다. 기숙사 밖 저편에서 몇 몇 학생들이 음악을 들으며 떠드는 소음이 있다가 음악 소리도 꺼지고 소음이 사라진다.

[카톡문자]
메이슨: Guys, I'm sorry. Good night.
마리아: Thank you.

나의 하루를 소개해요

안녕하세요! 한국에서 한국어를 배우는 학생이에요. 나의 즐거운 하루를 소개해드릴게요.

좋은 아침. 나는 일어나자마자 상쾌한 샤워를 하고 맛있는 아침을 먹고 하루를 시작해요. 그 후에는 한국어 수업이 있어요. 오늘은 재미있는 문법과 어휘를 배우고 있어요. 근데 한국어를 배우는 것은 너무 어려워요.

오후. 수업이 끝나면 친구들과 기숙사나 CU편의점에서 점심을 먹고 시끄럽게 이야기를 해요. 그리고 한국어 수업이 끝나고 중국어도 배우고 있어요. 새로운 언어를 배우는 것은 항상 즐겁지만 동시에 피곤해요. 나는 영어와 독일어 강사로도 일하고 있어요. 나도 문화를 체험하고 지식을 공유하면서 한국 학생들을 즐겁게 가르치고 있어요. 저녁. 저녁에는 유튜브를 시청하거나 친구들과 함께 시간을 보내는 것을 좋아해요. 그리고 한국의 새로운 장소를 여행하면 자전거를 타는 것을 좋아하고나 전시회를 보러 가기도 해요. 또 저녁에는 학교 근처 공원에서 산책을 하거나 운동장에서 운동을 할 수도 있어요. 가끔씩은 춤도 추는데 비밀이에요. 기숙사에 돌아가면 그런 즐거운 하루를 항상 기억해요. 생각을 개인 다이어리에 적고 취미로 그림을 그리는 것도 즐겨요. 그리고 물론 취미로 사진을 찍기도 하고요. 지금은 저만의 새로운 취미를 찾거나 예전의 나의 기술을 발전시키기 위해 노력하고 있어요. 그 과거들을 돌아보면서요.

밤. 자기 전에 항상 저녁을 먹는데 보통 야채, 과일, 녹차에 부모님이 소포로 보내주신 단 것들이 들어 있어요. 나는 밥을 먹자마자 한국어 공부를 위해 조금 시간을 내어요. 내가 이미 배운 단어와 문장을 반복하는 것으로 시작해요. 그래서 그 것들을 기억에 잘 남게 해요. 다양성을 위해 한국 드라마나 애니메이션을 자막과 함께 봐요. 이 방법은 내가 듣기 연습을 더 잘하게 하고 발음을 기억하는 데 도움이 돼요. 그리고 나는 10-15페이지 분량의 책을 읽고 양치질을 하고 잠자리에 가요. 나는 그런 다채로운 활동들과 재미있는 것들로 가득한 날을 꿈 꿔요. 그러니 새로운 도전을 즐기고 항상 도전해 보세요!

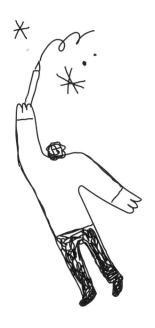

문이 열리지 않는다

[카톡문자]

이반: 문이 열리지 않는다.

선생님: 어디에 있어요?

이반: At the front door. I lost my student's ID card.

선생님은 급히 현관으로 내려가서 문을 열어준다. 8시가 조금 넘은 이른 시간에 학생이 온 것이다. 이반은 1급 학생으로 한국어가 서툴러서 문자를 할 때 번역기의 도움을 받는 경우가 많은데 선생님은 무슨 뜻인지 금방 알아차린다.

선생님: 이반 씨, 일찍 왔네요. 무슨 일이 있어요?

이반: 음....

이반은 한국어로 말을 하려다가 모국어로 하고 싶은 말을 휴대폰에 빨리 타이핑하고 그것이 번역된 것을 선생님에게 보여준다. 오늘 퀴즈가 있어서 공부하려고 일찍 왔으며 기숙사에서 나올 때는 문제가 없었지만 어학원 건물에 들어올 때는 카드가 없어서 못 들어 왔다는 것과 며칠 전에 학생카드를 분실했는데 새 학생카드는 오늘 오후에 조교 학생이 전달해 줄 것이라는 얘기였다.

선생님: 알겠어요, 이반 씨. 아침 먹었어요?

이반: 음... 안 먹어요.

선생님은 아침을 안먹는다는 말이 아니라 못 먹었다는 말이라고 짐작하고 이반과 같이 걸어 올라오면서 복도에서 이반에게 잠깐 기다리라고 하고는 선생님 방에 얼른 들어가서 초코파이 두 개를 가지고 온다.

선생님: 휴게실에서 초코파이를 먹어요. 그리고 퀴즈공부하세요.

이반: 선생님, 고마워요.

오늘 아라이와 드미트리가 1교시가 마치도록 학교에 오지 않았다. 드미트리는 스튜어트와 룸메이트이므로 선생님은 먼저 스튜어트에게 드미트리가 아프냐고 물어본다. 스튜어트는 어깨를 들썩하고 나서 모르겠다고 말한다. 기숙사에 있냐고 재차 물으니까 있다고 한다. 선생님은 1교시를 마치자마자 두 학생에게 카톡을 한다.

[카톡문자]

선생님: 드미트리 씨, 왜 학교에 안 와요? 아파요?

드미트리: 선생님, 저는 화장실 문제가 있습니다. 2시간에 갈 수 있습니다.

선생님: 네, 알겠어요.

[카톡문자]

선생님: 아라이 씨, 왜 학교에 안 와요? 아파요?

아라이: 나는 독살 당했다. 오늘은 학교에 갈 수 없어요.

선생님은 드미트리의 말은 2교시에 학교에 온다는 말이라는 것을 알 수 있는데 아라이의 문자는 좀 생각해 봐야했다. 배탈이 났다는 말 같은데 어떻게 번역을 하면 독살이라는 단어가 나올지 의아하다. 곧 드미트리가 교실에 나타났다. 드미트리는 아무 문제가 없어 보이는 얼굴이다.

선생님: 드미트리 씨, 화장실에 무슨 문제가 있어요?

드미트리: 스튜어트가 8시부터 8시 40분까지 화장실에 있어요. 나는 화장실에 갈 수 없어요. 나는

9시에 학교에 올 수 없어요. 지금 쉬는 시간에 와요.

스튜어트가 화장실을 오래 사용해서 자신이 늦었으며 1교시 중에 교실에 들어오는 것이 실례일 것 같아서 1교시 후 쉬는 시간에 교실에 들어왔다는 이야기다. 드미트리가 선생님에게 말하는 동안 스튜어트는 별일 아니라는 듯이 지켜보다가 드미트리가 자리에 앉자 아무 일 없는 것처럼 자연스럽게 드미트리를 대한다. 드미트리도 안색에 변화가 없고 스튜어트와 보통 때처럼 영어로 대화를 나눈다. 선생님도 별일 아니라는 생각에 그냥 잊어버리기로 한다.

잠시후에 마리아가 선생님에게 찾아와서 아라이의 이야기를 전해 준다.

마리아: 선생님, 저와 아라이와 밀라나는 어제 닭갈비를 먹었어요. 저 식당 달갈비가 좀 매웠어요. 나하고 밀라나는 괜찮아요. 아라이는 배가 많이 아파서 오늘 학교에 못 와요.
선생님: 네, 알겠어요. 마리아 씨, 알려줘서 고마워요.
마리아: 괜찮아요, 선생님.

아라이는 어제 매운 음식을 먹어서 음식 때문에 탈이 나서 학교에 못 온다는 말이었다. 아마 'food poisoning'이라고 잘 못 번역해서 나온 말이 아닐까 추측해 본다. 초급 학생들은 과거. 미래 등의 시제를 잘 활용하지 못하고 만들어 내는 오류가 많다. 발음으로도 오류가 많아서 날씨가 좋아요를 날씨가 [추워요]처럼 말하기도 한다. 중급 학생들은 초급에 배운 문법과 유사한 문법이 나올 경우 정확한 한국어의 뉘앙스를 모르고 발화하는 경우가 많다. 선생님이 '한국어를 잘하네요!'라고 말하면 1급 학생은 '한국어가 어렵지만 재미있어요.', 2급 학생은 '한국어가 재미있으니까 잘하게 됐어요.', 3급은 '한국어가 어렵지만 재미있거든요.', 4급은 '잘하기는요.' 와 같이 배운 문법을 사용해서 응답한다. 선생님은 아라이에게 문자를 한다.

[카톡문자]
선생님: 아라이 씨, 매운 음식을 먹어서 배가 아프군요. 오늘은 푹 쉬고 내일 학교에 오세요. 한국 음식이 좀 맵지요? 다음에 매운 음식을 먹을 때 우유를 먼저 먹으면 괜찮을 거예요.
아라이: 네, 선생님, 고맙습니다. 내일 만나요.

괜찮아요?

명사를 N, 형용사를 A, 동사를 V라고 하는 것이 어학원 한국어 교재의 약속이다. 명사(Noun), 형용사(Adjective), 동사(Verb)의 영어 알파벳 첫글자이다. 한국어 문법의 형태에 사용된다. 예를 들면, 'N은/는 N이에요/예요', 'N이/가 A-아요/어요', 'N을/를 V-아요/어요'의 문법 형태이다.

유튜브 채널 영국남자의 조쉬가 한국어는 형용사도 동사처럼 변한다고 말하자 친구 올리가 눈을 크게 뜨고 그럼 얼마나 많은 동사를 외워야 하는거냐고 말하는 장면이 있다. 영어와 한국어는 이렇게 큰 차이가 있다. 품사도 다르고 어순도 다르다.

'스티븐이 친절해요.'는 영어로 'Steven is kind.'이다. 영어권 학습자들은 한국어의 'A-아요/어요'를 be동사와 같은 성격으로 이해하여 '스티븐은 친절한입니다.'라고 오류문장을 만드는 경우가 있다. 영어의 동사 변화는 시제가 현재인 경우 3인칭 단수인 경우에 동사 뒤에 (e)s를 붙여서 활용하는 것이 주의해야 할 형태라면 한국어는 동사어미의 형태에 따라 '-아요/어요' 또는 '-해요'로 바뀐다. '스티븐은 앉아요.', '스티븐은 먹어요.', '스티븐은 공부해요.'와 같다.

먼저 '스티븐은 먹어요.'를 배우고 'N을/를 V-아요/어요'를 적용하면 '스티븐은 김밥을 먹어요.'가 된다. 여기에 'N(장소)에서'가 추가되면 '스티븐은 식당에서 김밥을 먹어요.'라는 문장이 완성된다. 이에 'N(시간)에'를 더하면 '스티븐은 월요일에 식당에서 김밥을 먹어요.'라는 1급 수준의 완성된 문장을 표현할 수 있다. 'Steven ests Kimbab at the restaurant on Monday.'와 비교한다면 어순으로는 '먹어요 김밥 식당에서 월요일에'와 같이 정반대의 순서이다. 한국에는 정어처럼 'at, on' 등의 전치사가 없고 '에,에서'와 같은 조사를 사용하여 표현한다.

영어권 학습자에게는 어순이 달라서 어려울 수 있지만 튀르키예나 카자흐스탄이나 몽골 등의 언어를 모국어로 둔 학습자의 경우는 한국어와 어순도 비슷하고 조사의 사용에도 익숙하다. 단어도 비슷한 경우가 있어서 한국어의 만두는 튀르키예어와 카자흐스탄어로 만트라고 한다.

선생님: (옷가게 사진과 바지 사진을 보여주면)

학생들: 옷가게에서 바지를 사요.

선생님: (식당 사진과 햄버거 사진을 보여주면)

학생들: 식당에서 햄버거를 먹어요.

선생님: (도서관 사진과 책을 읽는 사진을 보여주면)

학생들: 도서관에서 책을 읽어요.

선생님: (카페 사진과 ? 마크를 보여주면)

학생들: 커피숍에서 커피를 마셔요.

학생들: 커피숍에서 친구를 만나요.

학생들: 커피숍에서 .....

선생님: (커피숍에서 공부하는 학생들 사진을 보여주면)

학생들: 커피숍에서 공부를 해요. (라고 말하고 웃는다)

선생님: 오즈게 씨, 오늘 오후에 뭐 해요?

오즈게: 저는 오늘 오후에 편의점에서 김밥을 먹어요.

선생님: 마리아나 씨, 오늘 오후에 뭐 해요?

마리아나: 저는 오늘 오후에 기숙사에서 잠을 자요.

선생님: 여러분, 괜찮아요?

학생들: 네, 괜찮아요.

선생님: 오늘 문법을 이해했어요?

학생들: 네, 이해했어요.

한국어의 초급은 1급과 2급이다. 1급에서 기본 문장과 현재, 과거, 미래의 시제 등을 배운 후에 2급에서는 문장과 문장을 연결하는 다양한 문법을 배우게 되는데 이것도 또한 영어권 학습자의 모국어와 많이 다르다. 이유나 원인을 표현하는 문법은 한국어에서 더욱 다양하다. 1급에서 'A/V-아서/어서'를 배우고 2급에서는 'A/V-(으)니까', 'N 때문에/N 이라서', 'V-기 때문에' 등을 배운다.

선생님: 어제 왜 학교에 안 왔어요?

학생: 배가 아프니까 안 왔어요.(?)

오늘 'A/V-(으)니까'를 배웠기 때문에 학생들은 '배가 아파서'보다 '배가 아프니까'를 말하고 싶지만 이것은 좀 어색해 보인다. 질문에 '왜?'와 '안'을 이용해서 말하는 것이 자연스러운 반면에 답변에는 '-아서/어서'와 '못'을 사용하는 것이 더 자연스럽다.

선생님: 어제 왜 학교에 안 왔어요?

학생: 배가 아파서 못 왔어요.

선생님: 여러분, 친구가 배가 아프면 어떤 말을 하고 싶어요? 친구가 어떻게 해야 해요?

크리스티나: 아라이 씨, 배가 아파서 병원에 가세요.(?)

선생님: 아라이 씨, 배가 아프니까 병원에 가세요.

선생님: 내일 시험이 있어요. 어떻게 해야 해요?

크리스티나: 내일 시험을 하니까 공부하세요.

선생님: 내일 시험을 보니까 공부하세요. 내일 시험을 보니까 공부할까요? 내일 시험을 보니까 공부합시다.

선생님은 1급에서 배운 'A/V-아서/어서'가 더 많이 쓰이고 '못'과 더 잘 어울린다는 설명을 해주고 2급에서 배우는 'A/V-(으)니까'는 명령형과 청유형과 사용한다는 설명을 문장으로 예를 들어서 설명해 준다.

선생님: '배가 아파서 학교에 안가요.'는 학교에 안가고 싶은 것 같아요. '배가 아파서 학교에 못 가요'가 더 좋아요. 'A/V-아서/어서 + 못', 'A/V-아서/어서 + 고마워요', 'A/V-아서/어서 + 미안해요'가 아주 잘 어울려요 '배가 고파서 식당에 가세요.'는 안 돼요. 좀 이상해요. '배가 고프니까 식당에 가세요.'가 좋아요. '배가 고프니까 식당에 갈까요?', '배가 고프니까 식당에 갑시다.'도 괜찮아요.

선생님: 여러분, 따라하세요. 배가 아파서 학교에 못 가요.

학생들: 배가 아파서 학교에 못 가요.

선생님: 배가 고프니까 식당에 가세요.

학생들: 배가 고프니까 식당에 가세요.

선생님: 배가 고프니까 식당에 갈까요?

학생들: 배가 고프니까 식당에 갈까요?

선생님: 배가 고프니까 식당에 가는 게 어때요?

학생들: 배가 고프니까 식당에 가는 게 어때요?

선생님: 배가 고프니까 식당에 갑시다.

학생들: 배가 고프니까 식당에 갑시다.

학생들이 큰 소리로 선생님을 잘 따라한다. 크리스티나는 맞은 편에 있는 로만과 눈빛을 교환해가며 즐거운 듯이 큰 소리로 따라한다. 문장 연습으로 기본 문법을 익힌 후에 상황을 그림으로 보여주고 대화 연습도 마친다.

선생님: 괜찮아요?

학생들: 네.

크리스티나: 선생님, 진짜 배고파요. 식당에 갑시다. (모두 웃는다) 괜찮아요?

유학생의 하루

나는 한국어를 배우는 학생이다. 많은 사람들이 유학생 생활이 매우 쉽다고 생각하지만 그렇지 않다. 모든 일이 잘 되려면 많이 노력할 뿐만 아니라 열심히 공부해야 한다.

내 하루는 오전 8시에 시작한다. 오전 9시부터 공부해서 시간을 갖고 침착하게 수업 준비를 한다. 하루에 4시간씩 수업을 듣는다. 그래서 공부한 후에는 긴장을 풀고 시험을 준비할 시간이 많다. 한국어는 쉬워 보여도 열심히 공부해야 잘 알 수 있다. 나에게 한국어는 매우 흥미롭지만 모든 시험을 잘 통과하려면 준비하는 데 많은 시간을 투자해야 한다. 결국 보니 친구들을 만날 시간이 거의 없다.

또한 우리 대학에서는 교수님께서 일주일에 두 번씩 우리를 이마트에 데리고 가셔 가끔은 수업 후에 가게에 갈 수 있다. 그리고 공부 때문에 시간이 부족하는데도 친구들과 함께 서울에 갈 수도 있다. 이러한 산책은 다가오는 시험으로 인해 발생한 스트레스를 해소하는데 도움이 된다.

가끔 자기 전에 재미있는 드라마를 보는데 피곤하고 해서 쉽게 잠이 잘 수 있다. 그래서 다음 날 먼저 그 드라마를 볼 수밖에 없다. 사실 드라마나 유튜브를 보는 것은 긴장을 풀고 공부에 대한 생각을 없는데 정말 도움이 된다.

유학 생의 생활은 매우 흥미롭다. 하지만 모든 것을 배우고 싶다면 열심히 공부해야 한다. 그래서 산책하거나 파티 할 시간이 거의 없을 수도 있다.

생일 축하합니다

수요일 밤 11시 50분이다. 목요일이 되기 10분 전이다. 기숙사 1층 카페는 어두 운데 학생들이 여러 명 웅성거리고 무언가를 준비하는 모양이다. 로만이 약속대 로 스튜어트를 데리고 1층으로 내려오고 있다. 스튜어트는 일찍 자는 편인데 로 만이 할 얘기가 있다고 스튜어트 방에 찾아가서 12시가 다 되기를 기다린 것이다. 한국 생활에 대한 어려움을 만들어 내어 조언을 구하고 미국 대학에 가려면 무엇 을 준비해야 하는지 없는 계획에 없는 계획을 만들어서 질문을 하며 시간을 보낸 다. 그리고는 이렇게 저렇게 핑계를 대어 스튜어트를 데리고 1층으로 오고 있는 것이다. 다른 친구들은 1층의 불을 모두 끄고 엘리베이터 앞에서 케이크에 촛불을 켠채로 엘리베이터의 숫자가 1이 되어 열리기를 기다리고 있다. 문이 열리고 스튜 어트와 로만이 나타난다.

학생들: 생일 축하합니다. 생일 축하합니다. 사랑하는 스튜어트 생일 축하합니다.

친구들이 이미 익숙한 한국어 생일 축하 노래를 부르자 스튜어트는 정말 놀란 모양이다.

크리스티나: 빨리 후!

    스튜어트는 초를 불고 네히르는 1층 로비의 불을 켠다. 학생들은 카페로 자리를 옮겨서 케익을 다시 박스에 넣어 스튜어트에게 전달해주고 한 번 더 생일을 축하한다는 말을 나눈다. 경비실에서 경비아저씨가 미소와 함께 이 장면을 물끄러미 바라본다. 12시가 되면 현관 출입문이 잠기고 학생들은 모두 방으로 돌아가서 잠을 자거나 조용히 있어야 하지만 오늘은 경비아저씨께 미리 허락을 받아 두었다. 크리스티나가 이 학교에 온 이후로 친구의 생일이 되는 자정이 되면 축하 노래를 불러주는 것이 기숙사의 전통이 되었다. 생일 축하를 마치고 학생들은 각자의 방으로 돌아간다.

스튜어트: 생일 축하해 주니까 고마워요.

    아침이 되자 기숙사에 다시 활기가 돈다. 또 하루를 시작한다. 크리스티나는 오늘도 선생님 방 앞을 지날 때 고개를 푹 숙였다가 들며 큰 소리로 '선생님 안녕하세요!'를 외친다. 선생님도 '크리스티나 씨, 잘 잤어요?'라고 응답한다. 잘 잤느냐고 묻는 말은 가족과 같이 잘 아는 사이에 아침 인사이기도 하다. 9시가 되자 선생님은 교실로 들어선다.

선생님: 여러분, 잘 잤어요?

학생들: 네, 잘 잤어요.

스튜어트: 아니요, 저는 못 잤어요.

선생님: 스튜어트 씨, 왜 못 잤어요?

스튜어트: 저는 케익을 많이 먹으니까 못 잤어요.

선생님: 네?

크리스티나: 선생님, 오늘 스튜어트 생일이에요. 우리 같이 생일 축하했어요. 스튜어트에게 케이크를 줬어요.

선생님: 스튜어트 씨, 오늘 생일이에요? 생일 축해요!

스튜어트: 선생님, 고마워요.

선생님: 여러분, 잠깐만 기다리세요.

선생님은 선생님 방으로 가서 초코파이 한 상자를 가지고 온다. 학생용 책상 하나를 교실 앞 중앙에 놓고 초코파이 상자 위에 초코파이를 6개 3개 1개로 3층으로 케이크 모양으로 만든다.

선생님: 스튜어트 씨, 앞으로 나오세요.

스튜어트가 초코파이 케이크 앞에 서고 선생님의 생일 축하 노래에 맞추어 학생들이 모두 같이 생일 축하 노래를 부른다.

선생님과 학생들: 생일 축하합니다. 생일 축하합니다. 사랑하는 스튜어트 생일 축하합니다.

스튜어트는 초가 있는 척 촛불을 부는 시늉을 한다.

선생님: 스튜어트 씨, 초코파이를 친구들에게 하나 씩 주세요.
스튜어트: 네? 제가 먹어요. 아니에요?
선생님: (웃으면서) 친구하고 같이 먹으면 더 좋아요.

스튜어트는 친구들 자리로 다가가서 초코파이를 하나씩 나눠 준다. 친구들은 생일 축하한다는 말을 하면서 초코파이를 받는다. 스튜어트도 나머지 한 개를 가지고 자기 자리에 앉는다.

선생님: 여러분, 지금 안 먹어요. 쉬는 시간에 먹어요.
크리스티나: (벌써 입에 가득 넣고서) 저는 먹었어요.

학생들이 깔깔거리고 웃는다.

선생님: 스튜어트 씨, 오늘 생일인데 저녁에 뭐 할 거예요?
스튜어트: 드미트뤼하고 식당에 갈 거예요.
선생님: 드미트리 씨하고 저녁을 먹을 거예요?
스튜어트: 드미트뤼하고 찰하고 저녁을 먹을 거예요.
선생님: 찰을 먹을 거예요? 찰이 뭐예요?

스튜어트: 찰은 제 친구에요.

선생님: 아, 찰스하고 저녁을 먹을 거예요.

스튜어트: 드미트리하고 벗타고 잠실에 가고 찰을 만날 거예요.

선생님: 벗이 누구에요?

스튜어트: (운전하는 시늉을 하며) 벗타요.

선생님: 아, 드미트리하고 버스를 타고 잠실에 가서 찰스를 만날 거예요. 찰스를 만나서 저녁을 먹을 거예요.

스튜어트: (흡족한 미소를 지으며) 네, 맞아요.

한국어는 자음과 모음이 번갈아 만나는 형태로 글자가 이루어지기 때문에 외국어를 한국어로 옮기면 'ㅡ'모음이 주로 사용되어 영어 발음에 있어서 한국식 발음을 만들어 낸다. 하지만 반대로 한국어를 잘하려면 한국어 발화 시 외래어를 한국인처럼 해야 자연스럽다. '저는 어제 스탈벅에서 커휘를 마셨어요.'라고 말하면 유창하지 않은 한국어가 된다. '저는 어제 스타벅스에서 커피를 마셨어요.' 와 같이 발음해야 유창하게 들린다. 오늘도 4시간의 수업이 빠르게 지나갔다.

선생님: 스티븐 씨, 생일 축하해요. 오늘 잠실에서 즐겁게 파티하세요.

스튜어트: 스티븐 아니에요. 스튜어트.

선생님은 가끔 스튜어트를 스티븐으로, 에밀리앙을 줄리앙으로 잘 못 부른다. 스티븐과 줄리앙은 한국어 교재에 나오는 캐릭터이다.

편의점

학교 안에 있는 편의점은 아침 8시 30분에 문을 연다. 편의점 직원들은 8시가 되기 전부터 일을 시작하지만 물건을 정리하느라 분주하기 때문에 약속시간인 8시 30분이 되어서야 문을 열 수 있다. 하지만 9시 전까지 아침을 먹기에는 학생 입장에서도 좀 빠듯하다. 학생들도 아침에 일어나서 9시까지 학교에 가기 바쁘다. 수업을 마치고 1시쯤에 편의점에 가면 12시에 점심을 먹을 수 있는 학부생들이 편의점 물건을 바닥냈기 때문에 특별히 먹을 만한 것이 없다. 그래서 아침에 샌드위치나 빵 등을 사두었다가 점심에 먹기도 한다.

하지만 학교 밖에 있는 편의점에 가면 없는 것이 없을 정도로 먹을 것들과 문방구를 비롯한 필요한 물품들이 많다. 꼭 사지 않더라도 구경하는 재미도 있다. 또 편의점 밖에 여러 친구들과 앉아서 먹을 수 있는 테이블이 있어서 더욱 좋다. 보통 편의점 안에 음식을 먹을 수 있는 공간이 있기는 하지만 안에는 온수통과 전자레인지 등이 있어서 학생들로 북적이기 때문에 얼른 라면에 뜨거운 물을 붓거나 음식을 전자레인지에 데운 후에 밖에 자리를 잡으며 더 좋다. 크리스티나는 능숙하게 컵라면의 포장지를 벗기고 뚜껑을 반만 연 후에 뜨거운 물을 붓는다.

그리고 밖으로 나와 자리를 잡는다. 1분여 동안 기다린 후에 뚜껑을 벗기고 젓가락으로 라면을 잘 저어준다. 좀 덜 익은 라면이 더 맛있다. 뚜껑을 고깔 모양으로 접어서 라면을 먹는 것도 어깨너머로 배웠다.

크리스티나: 로만, 여기 앉아. 이 라면 먹어 봐. 이건 안 매워.
로만: 나는 이것도 매워.
크리스티나: 이 아침햇살 마셔봐. 이거 마시면 괜찮아.
로만: 내 샌드위치도 먹어 봐.

음식을 먹으면서 길 건너편의 버스정류장에 모여있는 다양한 학생들을 구경하는 재미도 있다. 학부에서 공부하는 한국 학생들, 어학당에서 공부하는 학생들, 이미 학부에 입학한 외국인 학생들이 뒤섞여서 활기찬 분위기를 만들어낸다. 학교 앞은 오가는 학생들로 항상 분주하다. 지난봄에 교내 외국인 학생 말하기 대회에서 우수상을 받고 대학에 입학한 바야르마가 버스를 기다리고 있다. 그 옆에 학교 축제에서 듀엣으로 노래를 부르고 가창력으로 큰 찬사를 받은 다리아와 소피아가 오늘도 같이 있다. 정류장 벤치에는 어학원에서 공부하다가 GKS장학생으로 선발되고 대학에 입학한 니콜이 있는데 학생들의 선망의 대상이다. 한국 생활에 익숙한 듯 무심하게 앉아있거나 뭔가 대화를 하거나 휴대폰을 만지작거리고 있다. 크리스티나는 같이 축제에 참여해서 더욱 친해진 다리아와 소피아를 발견하고 큰 소리로 부른다.

크리스티나: 다리아! 소피아!
다리아: 안녕!
크리스티나: 어디 가?
소피아: 아르바이트 하러 가!
크리스티나: 응, 안녕
소피아: 안녕.

엘리프와 네히르가 횡단보도를 건너서 편의점으로 다가온다. 크리스티나, 로만과 인사를 하고 둘은 편의점 안으로 들어간다. 편의점 입구에는 눈에 잘 띄는 장소에 진열해 놓은 만들어 먹는 커피나 주스 종류가 가득하다. 안쪽 냉장고에도 커피나 음료수가 가득하지만 요즘 얼음 컵에 음료를 섞어서 마시는 것이 유행이라고 한다. 어떤 유튜브 채널에서는 매일 매일 다른 종류의 음료를 만들어 먹는 영상이 있는데 이것이 크게 유명해졌다고 한다. 엘리프는 고향에서 치즈 종류인 카이막을 넣어서 만든 커피를 즐겨 먹기는 했는데 한국처럼 편의점 냉장고에 이렇게 다양한 커피 종류가 많은 것은 본 적이 없는 것 같다. 컵라면 종류도 아주 다양하다. 라면의 포장지를 잘 읽고 검색하면 무슨 종류의 라면인지 알 수 있지만 한국에서는 라면도 본능적으로 맛을 인식할 수있도록 색깔로 구별하는 것 같다. 노란색은 보통 맛, 빨간색은 매운 맛, 까만 색은 아주 매운맛이다.

[튀르키예어 대화]
네히르: 나는 아메리카노와 얼음 컵을 사고 그 다음에 바나나 우유를 섞어서 마셔 볼 거야. 요즘 이게 유행이라고 들었어.
엘리프: 와, 무슨 맛일까? 궁금하다. 나는 김밥을 먹을 거야.
네히르: 나도 삼각 김밥 사야겠다.
엘리프: 나는 긴 김밥을 살 거야. 달걀도 사고.

음식을 산 후에 줄서서 기다리는 동안 주변에 있는 물건들을 구경한다. 점심시간이라서 편의점은 점심으로 먹을 간단한 음식을 사는 학생들로 붐빈다. 다양한 소리들 중에 한국 학생들의 한국어도 들린다. 교실에서는 선생님이 문장을 길고 천천히 말해주지만 밖에서 들을 때 한국어는 좀 다른 것 같다. 한국 학생들은 어학원에서 배우지 않는 짧은 유행어나 거친 말도 많이 사용하는 것 같다. 네히르는 빨리 대학생이 되어서 한국 친구들과 그런 말도 해보고 싶다. 요즘 한국 드라마에 나오는 유행어 정도는 잘 알고 있다. 앞에서 어학당 친구가 계산하는 것을 보니 반갑다. 학교에서 'N하고 N주세요', '모두 얼마예요?', '여기 있어요' 등을 배우지만 요즘 편의점이나 마트에서는 한국말을 거의 할 필요가 없다. 계산을 모두 마친 후에 '포인트 적립하시겠어요?'를 잘 듣고 '아니요.', '감사합니다.'를 말하는 것이 전부이다.

엘리프와 네히르는 크리스티나와 로만 옆 테이블에 자리 잡는다. 네히르는 유튜브에서 본 대로 바나나라떼를 만든다. 엘리프는 전자렌지에 데운 김밥 봉지를 뜯는다. 요즘 <도깨비>를 다 보고 <이상한 변호사>를 보고 있는데 여기에서 여자주

인공 우영우가 김밥을 길게 세워서 먹는데 엘리프도 이렇게 먹어보고 싶었다. 길게 세워 먹으려니까 입을 크게 벌려야 한다. 이 모습을 보고 이유를 알아 차린 네히르는 우영우와 친구의 대사를 따라한다.

   네히르: 우 투 더 영 투 더 우.

   엘리프가 웃으며 좋아하자 그 소리를 듣고 옆에 앉은 로만도 따라한다. 한국에 온 대부분의 학생들은 한국 노래나 드라마에 관심이 많아서 유행하는 것은 보통 다 알고 있다. 네히르는 자기가 만든 커피를 한 번 먹어보고 눈을 크게 뜨고 머리를 끄덕이며 엘리프에게 권한다.

[튀르키예어 대화]
네히르: 한번 마셔봐
엘리프: (한 모금 마시고) 좀 달다. 고향 커피 마시고 싶어.
네히르: 그러 주말에 홍대에 가자. 거기에 카이막 커피를 파는 곳이 있대.
엘리프: 그리고 편의점에서 직접 라면을 끓이는 기계도 있다고 하던데.
네히르: 아, 나도 봤어. 그것은 한강 공원 편의점에 있는 것 같아. 거기도 가보자.

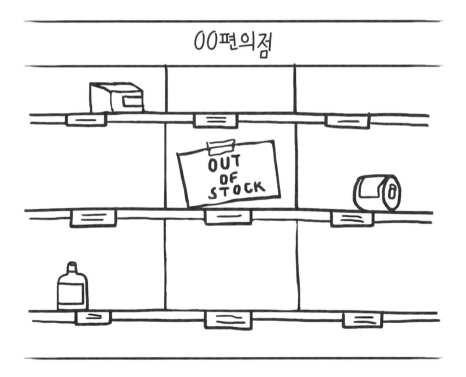

한국 문화의 정수 한국어

한국 문화

수화와 한국어

사하어와 한국어

한국인 남자 친구

한국 여행

한국 문화

네히르와 친구들은 반포 한강공원에 왔다. 먼저 한강공원 편의점에서 일회용 넓은 그릇에 끓여 먹는 라면을 구입했다. 라면과 함께 햇반과 김치도 구입했다. 그리고 다른 사람들이 하는 것을 그대로 따라해 본다. 어떻게 이런 끓이는 라면 기계를 생각해 냈을까? 보기에도 컵라면과는 확연히 다르다. 집에서 끓이는 라면과 흡사한 맛이 난다. 햇반을 데워서 라면 국물과 같이 먹으면 잘 어울린다. 편의점 근처에는 배달 음식을 받는 장소도 있는데 한국 젊은이들이 치킨이나 떡볶이를 배달시켜 자신들의 자리로 돌아간다. 배달 음식은 다음에 도전하고 오늘은 끓이는 라면으로 만족한다. 사람들이 돗자리를 깔고 여러 가지 음식들과 맥주 등 술도 마시는데 소란을 피우거나 다른 사람을 불편하게 하는 행동은 하지 않는다. 한국인들의 놀이 문화가 잘 유지되는 것이 대단하다는 생각이 든다. 개인 물품을 테이블이나 자리에 놓고 잠시 다녀와도 그대로 있다는 것은 서로 믿는 도덕적인 문화가 형성 되어있다는 것이다. 한국에 대해 이야기할 때 K 팝, K 영화, K 뷰티 등을 주로 말하지만 이러한 시민 의식에 대한 이야기도 빼 놓을 수 없다.

네히르와 친구들은 한강 라면을 체험한 후 잠수교 쪽으로 걸어간다. 멀리 보이는 둥근 건물은 새빛둥둥섬이라고 하는데 마블 영화에서 연구소로 나온 적이 있는 영화촬영지 중의 하나이다. 잠수교는 루이비통이 패션쇼를 한 곳으로 유명하다. 드라마 <오징어 게임>의 황동혁 감독이 총 연출을 했고 여주인공 정호연이 리드 모델로 활약했는데 큰 야외 세트장인 한강 다리에서 카리스마를 뿜으며 자신있게 워킹을 했던 모습은 잊을 수 없다. 잠수교 패션쇼에는 사물 놀이 연주를 시작으로 산울림의 노래나 국립국악원의 연주곡 등 전통 음악으로 배경음악을 사용했다고 하니까 K 팝이 아니고 K 음악으로 확장되어 가는 듯하다. 한강에서는 봉준호 감독의 영화 <괴물>을 찍은 장소와 괴물의 모형물도 있다고 하고 BTS의 다이너마이트를 촬영한 월드컵 대교 등 한강 전체가 K 문화의 성지와 같다고 할 수 있겠다. 네히르와 친구들은 잠수교의 중간이 이르러 루이비통 모델들이 워킹을 했던 모습을 상기하며 모델과 같은 포즈로 워킹도 해보고 서로 사진과 영상을 찍어주기에 여념이 없다.

[튀르키예어]
네히르: 어때? 나 정호연 같아?

네히르는 그날 정호연의 머리 스타일처럼 뒤로 올려서 묶고 무표정한 표정으로 모델 워킹을 한다. 엘리프와 오즈게도 네히르의 뒤를 따른다. 엘리프는 어깨까지 오는 단발 머리를 연한 보라색으로 염색하고 있어서 패션쇼에서 마지막 워킹을 담당한 최소라의 모습과 비슷해 보이기도 한다. 걸으며 사진을 찍으며 계속 가다 보니 어느덧 다리의 북쪽에 다왔다. 멀리 남쪽에 보이는 새빛둥둥섬과 한강 공원의 편의점과 사람들의 모습이 고향의 강변과는 다른 한국의 도시 여가 문화를 보여주고 있다. 네히르는 휴대폰의 지도앱을 켜고 어디로 가야할지 찾아본다.

[튀르키예어]
네히르: (지도를 가리키며) 우리는 지금 여기에 있어. 여기에서 이태원이 별로 멀지 않은데 이태원에 가 볼까?
엘리프: 그래 좋아. 이태원에서 고향 음식도 먹자.
오즈게: 거기에 터키쉬 딜라이트를 파는 가게도 있대.

이태원은 한국 안의 외국과 같은 곳이다. 거대한 도시인 서울 안에 남산의 남쪽에 자리한 다양한 나라의 문화가 녹아 있는 곳이다. 한국 전쟁 이후 미군 부대 부근에 자리 잡고 다양한 문화를 혼합하여 나름의 독특한 문화를 형성하고 있는 곳이다. 세계 음식 문화거리 축제를 할 만큼 여러 나라의 음식도 맛볼 수 있고 하얀색의 돔형 외관을 자랑하는 이슬람교회도 이 지역의 특색 있는 종교 문화이기도 하다. 한국은 어느 나라 보다도 다양한 종교가 있는 것으로 잘 알려져 있는데 특별한 갈등이 없이 서로의 종교를 존중하는 문화로도 유명하다. 네히르와 튀르키예 친구들은 이태원에 오면 고향 음식도 쉽게 찾을 수 있고 이슬람사원이 있다는 것이 친근하게 느껴진다. 튀르키예는 현재 국민의 90% 정도가 이슬람교도라고 한다. 서울이라는 대도시는 과거와 현재를 아우르는 자신의 고유한 문화를 잘 지키면서도 그 안에 세계 문화를 포용하고 있다.

오즈게: (길거리에서 터키쉬 딜라이트를 파는 가게를 발견하고) 여기야, 여기 들어가 보자.
엘리프: 와 한국에서 터키쉬 딜라이트를 보다니.

어느 유튜브 사회실험 채널에서 희잡을 쓴 여성을 어떻게 대하는지 시험한 자료가 있는데, 한국 사람들은 편견 없이 상대방의 문화를 존중해 주었다는 결과를 얻었다. 한 여성이 한 번은 희잡을 안 쓰고 길을 물어보고 두 번째는 희잡을 쓰고 길을 물었을 때의 반응을 살펴본 것인데 길에서 만난 한국의 젊은이들은 아무 다름이 없이 그 여성을 친절하게 응대했다는 것이다.

네히르의 고향에서는 길거리에서 K 팝 커버댄스를 하는 무리들을 쉽게 볼 수 있다고 한다. 네히르는 중고등학교 시절 길거리의 K 팝 커버댄스 팀을 보고 한국 문화에 관심을 갖기 시작했다. K 팝에 대한 관심이 K 드라마로 옮겨 갔고, 드라마를 보면서 K 문화 그 자체이고 정점에 있는 한국어에 대한 관심으로 옮겨 가서 스스로 한국어를 배워 오다가 드디어 한국에 오게 된 것이다.

네히르가 한국에 온 지 한 달이 좀 지났을 때 스웨덴에 있는 노벨 위원회에서 노벨 문학상 수상자로 한국 작가 한강을 발표했다. K 문화의 범위가 K 문학까지 확대된 것이다. 네히르는 아직 어렵기는 하지만 노벨상 수상 작가의 작품을 스스로 번역해서 읽어 볼 수 있다는 것이 아주 흡족하다.

네히르는 어학원에서 공부를 한 이후 대학에 진학할 예정이다. 한국어를 전공하고 통역사나 번역가로 일하고 싶다. 한강의 작품이 한국어를 독학으로 공부한 영국 젊은이 데보라 스미스에 의해 번역되고 수년 전에 맨부커 상을 수상했다는 것을 알게 된 이후 동기부여가 되는 것을 느낀다. K 문학에는 아직 알려지지 않은 보석과 같은 작품들이 아주 많을 것이다. 네히르도 한국의 좋은 작품을 모국어인 튀르키예어로 번역하여 소개하고 싶은 소망이 있다.

한국 사람들은 K 치킨(캔터키 프라이드 치킨)을 K 치킨(코리안 치킨)으로 진화시킨 사람들이다. 캔터키 프라이드 치킨 한 종류를 수십 가지 코리안 프라이드 치킨으로 바꾸어 놓은 사람들이다. 한국어 책에서 배운 내용인데 한국의 김치는 200가지나 된다고 한다. 한국어 선생님이 코리안 치킨과 김치의 사진을 보여주면서 이것이 한국 사람의 생각이고 응용력이라서 한국어도 유사한 문법이 많고 복잡해 보이지만 각각 정확한 기능을 가지고 있다고 말해 주었다. 한국어를 배울 때 한국어 문법에는 한국 사람들의 생각과 감정이 포함되어 있다는 것을 이해하라고 했다.

네히르: 야, 오즈게, 엘리프, 우리 한국에 왔는데 고향 음식 찾지 말고 한국 음식을 먹어 보자.

수화와 한국어

    스튜어트는 주말에 친구 찰스를 만나러 홍대에 자주 간다. 룸메이트인 드미트리하고 같이 가기도 한다. 찰스는 서울에 있는 대학교에서 IT를 공부하고 있다. 찰스는 대학교의 어학원에서 4급까지 공부한 후에 대학교에 갔고 많은 한국인 친구를 사귀었다.

[영어 대화]

스튜어트: 찰스[찰스으] 어떻게 지냈어?

찰스: 스튜어트[스튜어트으] 나는 잘 지냈어, 너는?

    한국어의 'ㅡ' 모음을 흉내 내어 장난스럽게 말해 본다. 찰스는 한국말에 익숙하기 때문에 스튜어트가 2급에서 새로 배운 반말을 연습할 수 있어서 아주 좋다. 찰스는 한국인 대학생 친구가 많아서 반말을 아주 잘 구사한다.

[한국어 대화]

찰스: 스튜어트, 드미트리, 우리 오늘 뭐 먹을까?

드미트리: 다 좋아. 너는?

찰스: 그럼, 순대국 먹어 볼까?

드미트리: 네, 순대국 먹자.

스튜어트: 응, 나도 좋아요.

찰스: 순대국은 요즘 내 소울푸드야. 여기요, 순대국 세 개 주세요.

스튜어트: 순대국 세 그릇, 맞아 아니야? 순대국 세 개, 괜찮아요?

찰스: 한국어 시험에서는 세 그릇인데, 한국 사람들하고 얘기할 때는 세 개 괜찮아.

순대국을 먹을 때, 순대국 안에 있는 고기를 하나 건져서 숟가락 위에 놓고 그 위에 마늘 조각을 올려 놓고, 청양고추 자른 것에 쌈장을 듬뿍 찍어서 마늘 위에 올리고 한입에 다 넣어서 먹으면 최고의 맛이다. 찰스는 스튜어트와 드미트리에게 이렇게 먹어보라고 알려 준다. 스튜어트는 젓가락질이 아직 서툴지만 조심스럽게 젓가락을 사용해서 찰스와 똑같이 해 본다.

식사를 마친 후 세 사람은 근처에 있는 공원으로 향한다. 스튜어트와 드미트리 모두 공원을 좋아한다. 홍대에 있는 이 공원은 전에 기찻길이었는데 기찻길을 다른 곳에 새로 만들고 이곳은 공원으로 조성한 것이라고 한다. 그래서 이 공원은 옆으로 좀 좁고 길처럼 길게 생긴 모양이다. 이 공원의 양쪽 옆에는 걷다가 언제라도 들어갈 수 있는 카페나 식당이 있고 공원의 여기저기에 벤치가 있어서 쉬기도 좋다.

언젠가 이 공원에서 길을 걷다가 벤치에서 쉬고 있는데 옆자리에 있는 사람들이 손짓으로 많이 움직이는 데 소리가 없어서 자세히 보니 수화를 하고 있는 것이었다. 한국어와 영어가 다른 것처럼 수화도 많이 다른 듯했다. 스튜어트는 고향에서 수화를 배웠기 때문에 관심이 갔다. 수화의 특이한 점은 영어는 항상 주어를 먼저 말하고 동사를 말한 후에 문장을 이어가는데 영어 수화도 한국어처럼 주어를 생략하고 말을 한다는 것이다. 보통 영어권 학습자가 한국어를 배울 때 주어가 명확하지 않아서 문장을 이해하기가 어려운 경우가 많은데 스튜어트는 수화를 배우면서 주어를 생략하고 말할 수도 있다는 것을 알았기 때문에 한국어를 배울 때 별로 어렵게 느껴지지 않았다. 한국 사회가 관계 지향적인 사회인 것처럼 한국어가 관계를 중시하고 누구에게 말하는지를 알면 주어를 생략하는 것과 같이 수화를 할 때는 두 사람의 관계 안에서 서로에게 집중하고 빠르게 수화를 이어가야 하기 때문에 문장의 길이를 짧게 하려고 주어를 생략할 수 있는 것이다.

스튜어트: 저는 한국어 배우는 시간 재미있어. 한국어에서 높임말과 반말이 있으니까 한국어가 달라. 하지만 그말이 있으니까 한국어 대박이에요.

찰스: 맞아. 그런데 나도 높임말은 아직도 어려워.

스튜어트: 영어에서 조금만 있어서 영어에서 그 말 못해. 저는 반말이 아주 좋아. 한국어에서 반말 말하기가 정말 재미있어. 빨리 말하기 할 수 있어. 영어에서 'the', 'pronouns' 필요하지만 한국어에서 그 말 필요 없어. 그래서 아이디어를 매우 빨리 말할 수 있어.

찰스: 어, 그래?

스튜어트: 한국어에서 주어 안 말하면 괜찮아. 우리는 알면 말하는 것이 필요 없어. 하지만 영어에서 항상 주어를 말해야 돼. 그래서 한국어 문장이 아주 작아.

찰스: 아, 그렇구나! 영어는 항상 누가 행동을 하는지 주어를 항상 말하지.

스튜어트: 이것은 수화 아주 비슷해. 수화도 빨리 말할 수 있어. 이 언어 정말 재미있어. 그래서 저는 한국어를 유창하고 싶어.

찰스: 와, 스튜어트가 아주 잘 관찰했는데. 우리 스튜어트 한국어 잘하네!

스튜어트는 지금까지 배운 한국어 실력으로 한국어와 영어의 차이, 한국어와 수화의 비슷한 점을 설명한다. 스튜어트는 언어 배우는 것을 좋아해서 스페인어와 프랑스어도 배웠고 지금은 전혀 다른 언어를 배워보고 싶어서 한국에 왔는데 한국어가 수화와 비슷한 점이 있는 것을 발견하고 큰 흥미를 느낀다.

스튜어트가 찰스와 언어에 대해 이야기를 나누는 동안 드미트리가 홍대 3번 출구로 가서 고향친구인 류바를 데리고 왔다. 찰스는 외국인학생 연합 연극동아리에 회장을 맡고 있는데 오늘 드미트리는 류바를 찰스에게 소개해 주기로 했었다. 외국인 학생들이 일주일에 한 두 번 모여서 한국어 연극을 연습해 오고 있었다. 동아리의 규모가 좀 커지면서 이 연극을 촬영하여 동아리 카페에 올리고 싶은데 류바가 학교 연극 시간에 영상을 촬영하고 편집하고 자막을 넣어서 올린 경험이 있다고 해서 만나기로 한 것이다. 류바는 연극 영상에 까메오로 출연하기도 했는데 연극 대본을 외우고 직접 연기하면 한국어 실력이 향상시키는데 도움이 된다는 것을 경험해 보았다.

드미트리: 류바, 내 친구 찰스야. 찰스. 내 친구 류바야

찰스: 만나서 반갑습니다.

류바: 만나서 반가워요.

드미트리: 류뱌, 스튜어트[스튜어트으]는 알지?

류바: 안녕하세요?

스튜어트: 네, 사랑 씨, 안녕하세요?

류바는 러시아어로 '사랑'이라는 뜻이어서 재미삼아 한국어 이름을 사랑이라고
지었다. 한국 여자 이름에도 사랑이 있기 때문에 아주 적절하기도 하고 이름을
지을 때 사람의 마음은 같다는 것을 느낄 수 있다.

스튜어트의 한국어와 한국생활

저는 외국어 공부할 때 재미있어요. 저는 15살 쯤 때부터 외국어를 배우는 것에 관심이 있었어요. 저는 미국에서 수화 공부하고 스페인어 공부했어요. 요즘 스페인어 안 기억하지만 수화는 잘 기억해요. 한국에서 한국어와 수화 공부해요. 그래서 한국어 배우는 시간 재미있어요.

저는 "뭐가 달라요? 뭐가 비슷해요?" 이거 생각해요. 한국어 수업에서 재미있는 선생님도 있어서 재미있어요. 한국어가 흥미있어요. 저는 외국어를 좋아하니까 많이 외국어를 공부했어요. 옛날에 스페인어와 프랑스어와 수화도 공부했어요. 그래서 외국어를 공부하는 시간 편해요. 하지만, 한국어가 조금 달라요. 한국어에서 높임말과 반말 있으니까 한국어가 달라요. 하지만, 그 말 있으니까 한국어 대박이에요. 영어에서 조금만 있어서 영어에서 그 말 못 해요. 저는 반말이 아주 좋아요. 한국어 반말 말하기가 정말 재미있어요. 빨리 말하기 할 수 있어요. 영어에서 "the," "an," "pronouns" 필요하지만 한국에서 그 말 필요 없어요. 그래서 아이디어를 매우 빨리 말할 수 있어요. 한국에서 주어 안 말하면 괜찮아요! 우리는 알면 말하는 것이 필요 없어요. 하지만 영어에서 항상 주어를 말 해야 돼요. 그래서 한국어 문장이 아주 작아요! 이것은 수화 아주 비슷해요. 수화도 빨리 말할 수 있어요. 이 언어 정말 재미있어요. 그래서 저는 한국어를 유창하고 싶어요!

스튜어트의 한국어와 한국생활

대학 주변에 공원이 많이 있어요. 저는 혼자 스타일 사람이라서 산책하거나 공원에 많이 가 봤어요. 한국이 정말 아름다워요. 제 고향에 한 계절 있지만 한국에 많이 계절이 있어요. 눈이 올 수 있고 나무들은 갈색으로 변할 수 있어요. 한국에서 계절이 정말 아름다워요. 그래서 시간이 나면 산이나 공원에 갈 거예요. 저는 간 곳에서 한국이 제일 아름다워요. 봄도 볼 수 있으면 좋겠어요. 저는 예술을 많이 좋아해서 한국 풍경을 많이 찍었어요. 저는 한국을 예술처럼 생각해요. 그리고 한국 음식이 정말 맛있어요. 미국에서 살 때 다른 나라의 음식을 별로 안 먹었어요. 유럽 음식도 조금 다르지만 미국 음식처럼 있어요. 한국 음식이 정말 신락요. 그리고 한국에서 젓가락을 사용해요. 미국에서 포크 아니면 숟가락을 사용해요. 저는 한국에 왔을 때 젓가락을 어떻게 사용하는 것을 몰라서 조금 힘들었어요. 그리고 미국에서 교통이 정말 없어요. 제 고향에 버스 하나밖에 없어요. 먼 곳에 가고 싶으면 차를 타야 돼요. 그래서 미국에서 모든 가족들이 차가 있어요. 하지만 한국에서 차 없어도 괜찮은 것 같아요. 저는 버스와 지하철 탈 때 힘들지 않아요. 정말 쉬운 것 같아요.

사하어와 한국어

　드미트리와 류바는 이름은 이국적이지만 얼굴은 한국 사람과 아주 흡사하다. 언제 한번은 드미트리와 류바가 지하철역에 서 있는데 한 한국 할머니가 다가와서 길을 물어본 적이 있었다.

　할머니: 학생, 평화 시장으로 가려면 어디로 나가야 해요?
　드미트리: .....
　할머니: 몰라?
　류바: 외국 사람이에요. 미안해요.
　할머니: 한국 사람 아니에요?

　드미트리와 류바의 고향인 야크추크는 한국지도의 위로 쭉 올라가면 러시아의 시베리아 한 복판, 레나 강변에 있는 도시이다. 레나 강은 아주 길고 넓은 강으로 북극해로 흘러 나가는 강이다. 추운지방 사람이 눈썹에 서리가 내린 것처럼, 눈사람처럼 변한 사진을 찾아 볼 수 있는데 야크추크가 바로 그런 곳이다. 한 겨울에 물을 뿌리면 공중에서 얼어버리는 그런 곳이다. 아마 먼 옛날 재난이나 전쟁을 피해 살기 좋은 남쪽에서 피난하여 북으로 북으로 올라가다가 정착한 곳이 레나 강변의 야크추크 지방이 아닐지.

야크추크는 러시아 사하공화국의 도시로서 사하공화국은 땅이 아주 넓어서 민족으로 구분하는 나라로 나누어 볼 경우 가장 큰 나라로 볼 수 있다고 한다. 야크추크의 젊은이들은 남쪽 지방인 하바로프스크나 블라디보스톡으로 유학을 가거나 아니면 더 아래쪽 다른 나라인 중국으로 유학을 떠나는 경우가 많다고 한다. 요즘은 한국으로 유학오는 학생들도 많다고 한다.

러시아의 공용어가 러시아어이지만 사하공화국은 한 나라처럼 자신 고유의 언어가 있다. 사하어는 한국어와 문장구조가 같아서 서술어가 문장의 맨 마지막에 온다고 한다. 어휘에도 유사성이 있어서 한국어 문법에 'V-아/어 보다'나 'V-아/어 주다' 등의 동사와 동사가 결합되어 의미를 추가하는 어휘들이 있는데 사하어에도 'V-아/어 보다'와 같은 어휘가 있어서 언어 구조에 유사성이 있음을 확인할 수 있다. 한국어의 '먹어 보다'라는 어휘의 '보다'가 눈으로 본다는 것이 아니라 '시도하다'의 뜻이 있는 것과 같이 사하어도 똑 같은 의미라는 것이다.

또한 발음에도 유사성이 있어서 받침 'ㅇ'의 소리가 사하어에도 있기 때문에 한국어의 받침 'ㅇ'을 발음하는 것이 어렵지 않다. 보통 외국인 학생들이 공원을 [곤원]으로 발음 하거나 돈을 [동]으로 잘 못 발음하는 경우가 있는데 사하어를 모국어로 둔 학생들은 비교적 발음을 정확하게 할 수 있다. 한국어의 받침 'ㅇ'은 소리가 독특해서 한국 사람들이 외국어를 발음할 때 받침 'ㅇ'소리를 내어서 반대로 외국인이 못 알아 듣기도 한다. 마트에 앙팡 치즈가 있는데 앙팡은 프랑스어 'enfant'의 한국어 표기이다. 그러나 프랑스 사람들이 한국어 소리 [앙팡]을 프랑스어 [엉~횡~]으로 듣기는 쉽지 않다. 앙팡은 어린이 치즈이고 'entant'이 '어린이'라는 뜻이다.

찰스와 스튜어트, 드미트리와 류바 일행은 공원 근처의 카페에서 이야기를 이어간다. 찰스와 류바가 한국어로 유창하게 이야기하는 것을 스튜어트와 드미트리는 물끄러미 지켜본다.

찰스: 류바 씨는 한국어를 유창하게 해서 우리 동아리에서 연극을 해도 되겠어요.

류바: 저는 좀 내성적인 편이에요. 연기보다 영상 편집하고 자막 쓰는 것을 하겠어요.

찰스: 영상 촬영이나 편집을 많이 해 보셨어요?

류바: 네, 우리 고향이 아주 아름답거든요. 고향에서도 카메라로 사진 찍는 것을 좋아했는데 한국에 와서는 영상도 많이 찍어 봤어요. 사실 어학당에서 공부할 때 한국어 선생님께서 신데렐라 연극을 찍어보라고 하셔서 처음 해 봤었는데 그때 이후로 영상을 더 자주 찍게 됐어요.

찰스: 아, 어학원 유튜브 채널에 있는 그 <신데렐라와 도깨비> 말하는거죠? 드미트리가 전에 알려줘서 한번 봤어요.

류바: 그건 제가 처음 해 본 작업이라서 좀 어색한 부분이 있어요.

찰스: 아니에요. 아주 재미있게 봤어요.

류바: 제 유튜브 채널이 있는데요, 여기에는 좀 더 잘 만든 영상이 있어요. 연극이 아니고 그냥 제가 좋아하는 장소를 찍고 자막을 넣은 영상이에요. 한국은 와이파이가 어디에나 있어서 영상 작업을 하고 업로드하는 것도 아주 편해요.

찰스: 네, 맞아요. 제가 지난 방학에 고향에 갔었는데 와이파이가 잘 터지지 않아서 아주 답답했어요. 우리 동아리도 유튜브 채널이 있어요. 우리가 친목을 도모하거나 한국어를 연습한다는 목적으로 그냥 모이고 연습했었는데 앞으로는 영상도 자주 올리고 좀 더 활동을 활발하게 해보고 싶어요. 류바 씨가 큰 도움이 될 것 같아요.

류바와 스튜어트는 둘 다 공원에서 산책하는 것도 좋아하고 사진 찍는 것도 좋아한다. 그리고 둘 다 언어에도 관심이 많다.

류바: 스튜어트도 같이 연극해 보는 게 어때요?

스튜어트: 나는 [영극] 못해요. 좀 부끄러운 편이에요.

한국어와 사하어

나는 러시아에 있는 사하공화국에서 태어났고 그 곳에 나의 행복한 유년시대와 학창시절이 지났다. 사하 공화국이란 어떤 곳이냐고 하면 내 대답은 바로 이것이다: 사하공화국은 (러시아 명칭인 야쿠티야로도 불린다) 극심한 추위, 흥미로운 전통, 놀랍도록 아름다운 자연이다. 야쿠티야의 공용어는 사하인들이 쓰는 사하어와 러시아어다. 사하어에 대해 들어 봤습니까? 인구가 적기 때문에 (971,996 명 (2020)) 사하어뿐만 아니라 사하공화국 전체를 모르는 사람들이 많다. 그래서 사하공화국에 살다가 한국에서 유학 생활을 하고 있는 학생으로서 한국어 및 사하어의 유사한 점에 대해 이야기하고 싶다.

첫째, 'ㅇ' 음성이다. 한국어를 공부하는 많은 외국인들에게 'ㅇ' 음성을 발음하는 것이 모국어에 이런 문자가 없기 때문에 어려울 수도 있다. 예를 들어 보면 영어에서 'ㅇ' 음성을 표식하는 문자가 없어서 대신 'ng'을 쓴다. 사하어 경우에 'ㅇ' 음성은 표식하는 한 문자가 'ҥ' 있다. 'уҥа' (오른쪽) 라는 단어는 발음이 [웅아]다.

둘째, '아/어 보다' 문법이다. '보다' 단어는 가장 많이 쓰는 뜻이 'see'인데 '먹어 봤다'라는 문장에 '보다' 동사는 'see' 뜻으로 사용하지 않는다. 그것과 같이 사하어에 'see'라는 의미있는 단어는 'kɵp'인데 'cɯaɛ kɵpбɯ̆ʏ̆ɯɯ (먹어 봤다)' 문장에 'see'라는 뜻이 아니다. 쉽게 말하면 'to try an action' 문법에서 사하어 및 한국어에 'see' 뜻이 있는 단어들이 사용하는데 이 문법에 'see' 의미를 잃고 'try'라는 뜻을 갖는다.

마지막으로, 문장 구조다. 사하어에서는 한국어와 같이 서술어가 주어 뒤에 와야 한다. 목적어와 보어가 있다면 그것들이 주어와 서술어 가운데에 있어야 한다. 그러므로 서술어는 반드시 문장 마지막에 있다. 예를 들면: '나는 (주어) 인생을 (목적어) 사랑한다 (서술어)' 이 문장을 사하어로 'мин(주어) олоҕу (목적어) таптыыбын (서술어)'이다. 영어로도 번역하면 'I (주어) love (서술어) life (목적어)'이다. 이와 같이 사하어는 영어와 달리 한국어와 문장 구조가 똑 같다.

이상에서 본 바와 같이 한국어와 사하어가 공통점이 다소 있다. 내가 한국어를 공부할 때 이 유사한 점들이 큰 도움이 됐다.

한국인 남자 친구

안나와 폴리나는 러시아 상페테르부르크가 고향인데 둘 다 K 팝을 좋아하고 K 드라마도 좋아한다. 안나는 드라마를 더 좋아하고 폴리나는 K 팝을 더 좋아한다. 안나의 이상형은 이민호이고 폴리나는 스트레이키즈의 펠릭스를 아주 좋아한다. 펠릭스의 주근깨도 너무 귀엽다고 생각한다.

두 사람은 고향에서 고등학교 친구인데 고향에서 대학교에 입학했다가 휴학을 하고 한국에 왔다. 먼저 어학원에서 한국어를 배우고 있는데 한국 생활을 해보고 한국에서 대학에 가는 것도 생각하고 있다. 한국에 처음 왔을 때는 음식이 입에 맞지 않아서 힘들었는데 지금은 익숙해졌다. 음식 외에 문화 차이들이 좀 있다.

안나는 한국에서 처음 버스에 탔을 때, 자리에 한국 남자들이 앉아 있는데 자리를 양보해 주지 않아서 친절하지 않다고 생각했었다. 선생님께 한국 남자들이 자리를 양보해 주지 않는다고 이야기하니까 선생님은 좀 웃으시더니 한국에서는 할머니, 할아버지, 아이들에게는 자리를 양보하는데 남자와 여자는 자리를 양보하지 않는다고 말해주셨다.

선생님: 안나 씨가 고향에서 버스를 타요. 그러면 남자가 일어나요?

안나: 네, 남자는 일어나요. 여자는 앉아요.

폴리나: 전에 남자는 일어났어요. 지금은 아니에요.

안나: 아니요. 남자는 일어나요.

선생님: 아, 선생님이 러시아 영화에서 봤어요. 남자는 여자에게 친절해요. 양보해요.

선생님은 두 학생이 같은 고향에서 왔지만 남녀 예의에 대한 생각이 다른가보다고 생각한다. 선생님이 손을 휘두르며 인사하는 포즈를 취하고 양보하는 신사의 모습을 연기하자 안나와 폴리나가 까르르 웃는다.

안나: 선생님, 뭐 봤어요?

선생님: 전쟁과 평화. [바이나 이 미르].

안나: (깜짝 놀라며) 선생님!

폴리나: 선생님!

선생님: 제가 러시아 소설을 읽어 봤어요. 영화도 봤어요.

안나: 선생님, 책 어디에 있어요? 사고 싶어요.

선생님: 사지 마세요. 도서관에 가세요.

안나와 폴리나는 주말에 선생님이 알려준 홍대 근처에 있는 도서관에 찾아가서 전쟁과 평화를 찾아본다. 어디에 있는지 찾기가 힘들어서 도서관 직원의 도움을 받는다. 한국 사람들은 도움이 필요하면 언제나 도와 준다. 버스에서 자리 양보하지 않는 것은 제외하고 아주 친절하다.

이 도서관은 북 카페처럼 도서관 한 쪽에 커피나 차를 파는 코너가 있는데 여기에서 차를 사서 테이블처럼 생긴 좌석에 앉아 차를 마시면서 책을 볼 수 있다. 너무 조용하지 않고 작은 소리로 이야기해도 좋은 공간이다. 테이블 사이사이에 큰 화분이 있어서 다른 테이블과 적당한 간격이 있으면서 보기에도 아름답다.

안나와 폴리나가 테이블에 앉아서 전쟁과 평화를 펼쳐보지만 책 표지 안쪽에 있는 톨스토의의 사진이 없었다면 이 책이 전쟁과 평화인지 몰라봤을 것이다. 안나는 그냥 책 제목만 봐도 아주 만족한다고 느낀다. 옆자리에 안나와 폴리나가

소곤거리며 이야기하는 것을 지켜보는 젊은이가 있다.

선생님이 수업시간에 '남자친구를 사귀고 싶어요? 그러면 도서관에 가보세요. 멋있는 남자가 있어요. 그러면 그 옆에 앉아 보세요. 단어를 몰라요. 그러면 물어보세요.'라고 문법 설명을 해 주셨는데 오늘이 그날이다. 안나는 모르는 단어를 많이 물어보았고 그 젊은이는 안나의 남자 친구가 되었다.

안나는 보통 주말에 도서관에서 책을 보거나 얘기를 좀 하다가 11시 30분에 문을 여는 파스타 집에 간다. 점심 세트 메뉴가 있어서 학생 커플이 이용하기에 아주 제격이다. 가끔 도서관 바로 앞에 있는 육쌈집에도 간다. 여기는 비빔밥이나 면종류를 파는데 고기가 같이 나와서 마음에 든다. 점심을 먹고 나면 홍대 거리 여기저기를 구경하거나 카페에 가는데 홍대에는 양카페, 고양이 카페 등 특별한 카페들이 많다.

안나는 한국 남자 친구와 몇 주 사귀다 보니 고향과는 다르다는 것을 느낀다. 안나는 남자가 데이트 비용을 내는 것이 마땅하다고 생각하기 때문에 아무 생각 없이 즐겁게 약속 장소에 나가기만 했는데 남자 친구가 데이트 비용은 공평하게 내야 한다고 말해서 좀 당황했다. 또 선생님에게 물어보았다.

안나: 선생님, 데이트를 해요. 남자가 밥을 사요. 커피를 사요. 다 해요. 이거 좋아요. 맞아요?
선생님: 안나 씨는 밥을 안 사요. 커피도 안 사요. 남자가 다 사요?
안나: 네. 아니에요?
선생님: 고향에서 남자가 다 사요?
안나: 네.
선생님: 한국에서는 아니에요. 남자가 밥을 사요. 그러면 여자는 커피를 사요. 이것이 좋아요.
가끔 여자도 밥을 사요, 남자가 커피를 사요. 이것도 좋아요.
안나: 폴리나는?
폴리나: 남자는 사요. 나는 사요. 같이 사요.

폴리나는 인스타그램으로 만난 남자 친구가 있는데 한국어가 어려우면 영어로 소통도 하고 데이트 비용도 두 사람이 같이 부담한다고 한다. 문화 차이인지 사람 차이인지.

> 선생님: 한국에서 남자와 여자가 같이 사용하는 통장에 돈을 넣어요. 같이 카드를 사용해요. (손을 가로로 가르며) 똑같이 내요. (손을 위아래로 가르며) 남자 반, 여자 반 같이 내요.
>
> 안나: 저는 [톤장] 없어요.
>
> 폴리나: 선생님, 한국 돈, 러시아 돈 달라요. 한국 돈 많이 그리고 러시아 돈 조금 같이 내요. 그것이 좋아요.

환율에 대해서 말하는 것이라고 선생님은 생각한다. 젊은이들이 똑똑하다. 그럼 그것을 남자 친구에게 말하라고 한다.

> 선생님: 방학하면 뭐 할 거예요?
>
> 안나: 여행할 거예요. 안나, 남자친구, 폴리나, 남자 친구 우리 같이 여행할 거예요.
>
> 선생님: 어디로 갈 거예요?
>
> 폴리나: 부산에 갈 거예요. 하고, 경주에 갈 거예요.
>
> 선생님: 부산하고 경주에 갈 거예요? 아주 좋아요.

한국 여행

방학을 하면 학생들은 한국 여기저기로 여행을 떠난다. 부산, 동해안, 전주, 경주 등 한국은 일일 생활권이이고 교통도 여간 편리한 게 아니라서 여행하기가 아주 좋다. 제주도도 비행기를 타면 1시간 이내로 갈 수 있고 학교 프로그램을 통해 울릉도나 독도까지 여행하기도 한다.

KTX나 고속버스를 타고 부산에 가는 것이 한국에서 꼭 해봐야 하는 일인 것처럼 학생들 사이에 알려져 있다. 부산에 가면 해운대나 광안리 등 해변은 물론이고 해동용궁사, 감천문화마을, 흰여울마을 등 거의 모든 관광지에서 많은 외국인을 볼 수 있다.

요즘 해운대 101 베이에서 요트를 타는 것이 한국인이나 외국인을 막론하고 젊은이들 사이에서 유행이다. 요트를 타는 비용도 별로 비싸지 않고 친구들과 요트를 타고 멀리 바다로 나가서 광안대교를 배경으로 사진을 찍을 때면 아무렇게나 찍어도 사진이 멋있을 뿐만 아니라 도시에서 좀 떨어져서 다른 세상에 온 것과도 같은 색다른 즐거움을 준다. 바다를 선회하다가 101 베이로 다시 돌아올 때면 선착장 부근의 고층 아파트와 건물들이 매우 세련된 느낌을 준다. 세계 어디를 가도 이렇게 바다와 고층 건물이 한데 어우려져 미래 도시적인 느낌을 주는 곳이 없는 것 같다.

에밀리앙은 고향에 돌아가기 전에 룸메리트 메이슨하고 부산과 경주여행을 하기로 했다. 두 사람은 한국에 와서 베프가 되었다. 메이슨은 한국 사람들이 영어로 새로운 단어를 만드는 것이 아주 재미있다고 생각한다. '베스트(best)'와 '프렌드(friend)'를 앞글자만 따서 베프라고 하다니. '프'가 'f'소리 인줄 몰라서 베프가 베스트프랜드인 줄 생각을 못 했었다. 에밀리앙은 바다를 좋아해서 부산을, 메이슨은 역사에 관심이 많아서 경주를 선택했다.

에밀리앙: 메이슨, 부산 어때?
메이슨: 난 캘리포니아에서 살았어. 캘리포니아 정말 아름다워. 캘리포니아, 부산 모두 높은 건물이 많아. 하지만 캘리포니아는 퓨쳐리스틱한 느낌은 없어. 부산은 정말 미래 같아.
에밀리앙: 나는 리용에서 살았어. 리용은 바다가 없어. 나는 부산에서 살고 싶어.
메이슨: 프랑스에 막세이하고 칸이 있어. 어때?
에밀리앙: 막세이는 그냥 아름다운 옛날 도시야. 지중해 분위기 있어. 높은 건물이 별로 없어. 칸은 영화가 유명해. 칸도 지중해 분위기 있어. 막세이보다 높은 건물, 호텔이 많지만 부산처럼 아니야.

에밀리앙과 메이슨은 101 베이 건물 안으로 들어와서 여기에 오면 꼭 먹어봐야 한다는 피쉬 앤 칩스를 주문한다. 주문한 음식을 받아 들고 건물 밖 테이블에 나와 자리잡는다. 건물 안에도 자리가 있지만 이렇게 밖으로 나와 선착장 옆에 세워 놓은 구식 돗단배와 건너편 높은 아파트를 앞에 두고 지나가는 많은 사람들을 구경하는 것이 아주 재미있다. 한국 사람보다 외국 사람이 더 많은 듯하다. 좀 과장하면 서울에서 공부하는 외국인 학생들은 다 여기에 오는 것 같다. 실제로 홍대 술집이나 이태원에서 본 적이 있는 외국 학생들을 여기서 보기도 한다.

메이슨: 맛있네. 에밀리앙 이 소스를 먹어봐.
에밀리앙: 소스가 달아. 한국 음식은 맵기도 하지만 단 음식도 많은 것 같아. 피쉬는 바삭하고 맛있네.

에밀리앙은 영국에 가본 적이 있다. 파리 북역에서 기차를 타고 몇 시간 걸리지 않아서 런던의 세인트 판크라스역에 도착했는데 런던에 가면 피쉬 앤 칩스를 먹어보라고 해서 먹어 봤던 그 맛을 기억한다. 영국 음식을 좀 한국적인 느낌으로 피쉬를 바삭하게 튀겨 놓았다. 마치 캔터키 프라이드 치킨을 바삭한 코리안 치킨으로 바꾼 것처럼.

에밀리앙과 메이슨은 경주에 도착해서 황남길 부근의 숙소에 짐을 풀고 대릉원으로 향한다. 대릉원은 4-6세기 신라의 왕과 귀족들의 것으로 추정되는 고분군이다. 신라는 기원전 57년부터 서기 936년까지 존재했던 나라로서 경주는 신라의 수도로서 천년고도의 역할을 담당했던 곳이다. 현재 한국의 수도는 서울인데 서울은 조선의 수도로서 1392년에 시작하여 현재까지 600년을 기능해오고 있는 세계적인 대도시이다. 경주가 거의 천년을 유지한 도시라면 도시 자체가 박물관과 같은 존재인 것이다.

대릉원 정문에서 오른편의 거대한 능들을 옆으로 하고 얼마간 걸으면 왼편으로 첨성대를 만나게 된다. 첨성대는 신라 선덕여왕(632-647) 때 건립된 것으로 알려져 있으며 천체의 움직임을 관찰하던 천문 관측대로서 동양에서 가장 오래된 천문대로 당시의 높은 과학 수준을 보여주는 귀중한 문화재이다. 천문학은 하늘의 움직임에 따라 농사 시기를 결정할 수 있다는 점에서 농업과 깊은 관계가 있으며 점성술이 고대 국가에서 중요시되었다는 점을 미루어 보면 정치와도 깊은 관련이 있었음을 짐작할 수 있다.

에밀리앙과 메이슨은 작은 산 같기도 하고 거대한 낙타의 혹 같기도 한 신비로운 능을 배경으로 같이 셀카를 찍고 첨성대 울타리 안으로 들어선다. 현대의 고층 건물에 비한다면 보잘것없는 높이로 보일 수 있다. 하지만 과거를 상상해 본다면 당시에는 도시의 빛 공해가 거의 없었고 높은 건물도 없었을 것이므로 천문대의 높이는 이 정도면 하늘을 관측하는데 충분했을 것이다. 또한 천문대가 왕궁인근에 자리 잡는 것은 당연한 것이라서 첨성대로부터 10분 정도만 걸으면 거대한 왕궁터인 동궁과 월지에 갈 수 있다.

메이슨: 어, 우리 어학원 친구 같은데?

에밀리앙: 아, 그러네. 네히르하고 친구들이야.

네히르와 친구들을 첨성대를 배경으로 서로 사진을 찍어주고 있다. 한복을 입고 있는데 서울 경복궁에서 보던 한복과는 좀 다르다. 윗 옷의 길이가 허리 아래까지 길고 옷깃도 색깔이 있는 두툼한 모양으로 윗 옷 아래까지 이어져있다.

메이슨: 네히르, 안녕.

네히르: 아, 메이슨.

메이슨: 사진 찍어줄게. 이쪽으로 좀 더 가. 저기 위에 네모 모양 홀이 있지? 거기 앞에서 찍는 게 좋겠어.

에밀리앙과 메이슨, 네히르와 엘리프 친구들은 다른 곳에서 우연히 학교 친구들을 만난 것이 만갑고 신기하다.

에밀리앙: 한복이 좀 다르네. 길어.

네히르: 서울에서 보는 짧은 한복은 조선 한복이고 고려, 신라 한복은 이렇게 길었다고 해. 한복 빌려주는 아주머니가 말했어.

친구들은 모두 같이 걸어서 동궁과 월지도 구경하고 황남길 부근에서 식당에 유명한 육전과 떡갈비를 먹으러 갔다. 여기에서도 외국인들을 많이 볼 수 있었다. 관광객인지, 한국에서 공부하는 외국인 학생인지 에밀리앙은 보기만 해도 구별할 수 있다. 식당 입구에서 예약을 하고 안으로 들어가기까지 1시간이나 기다렸지만 친구들과 여행 얘기를 하느라고 지루하지는 않았다. 한국 사람들은 빨리빨리 움직이는 사람들인데 이렇게 조용히 긴 시간 기다리는 것은 좀 신기하다.

네히르와 친구들은 강릉에 갔다가 경주로 내려왔고 내일은 부산으로 갈 거라고 한다. 강릉에서는 버스를 타고 한 시간쯤 걸려서 <도깨비> 촬영지인 영진해변에 가서 사진을 찍었다고 사진을 보여준다. 부두의 끝에서 누군가 놓고 간 안개꽃을 들고 김고은과 공유처럼 사진을 찍었다. 에밀리앙과 메이슨도 <도깨비>에 대해서는 알고 있다. 수업 시간에 선생님이 <도깨비>의 장면들을 가끔 보여 주셨다.

네히르가 부산으로 갈 거라는 말에 에밀리앙은 101 베이에 가서 요트를 꼭 타보라고 권한다.

> 에밀리앙: 내가 장소 링크 보내줄게. 해운대 근처에 있어.
> 네히르: 고마워. 우리는 광안리에도 갈 거야. 거기 티아라처럼 생긴 다리 보고 싶어.
> 메이슨: 요트 타면 광안대교도 볼 수 있어.

에밀리앙이 광안대교 배경의 요트 사진을 보여준다. 그리고 사진을 넘기자 피쉬 앤 칩스사진이 지나간다.

> 에밀리앙: 이거 101 베이에서 맛있는데, 부산에 가니까 돼지국밥하고 밀면을 먹어 봐.
> 네히르: 우리 돼지고기 안 먹어.
> 에밀리앙: 아 맞아, 그럼 피시 앤 칩스 먹어.

멀리 다른 나라로부터 한국에 와서 같이 공부하는 것도 인연인데 여행지에서 친구를 만나니 더 이상 반가울 수 없다.

꿈은 이루어진다

대입 준비

아르바이트

율리아의 꿈

꿈은 이루어진다

한국에서 살고 싶어요

대입 준비

어학원에서 4급까지 수료하면 보통 대학에 입학해서 학업을 이어갈 만한 한국어 실력이 있다고 본다. 대학원에 가려면 6급을 마쳐야 논문 등 학술자료를 이해할 수 있고 또 작성할 수 있는 어학 실력이 있는 것으로 여긴다. 초급인 1급과 2급은 기초 생활 한국어로 볼 수 있어서 한국에 온 지 6개월이 지나고 한국어 기초 어학 성적이 있으며 주당 20시간가량의 아르바이트를 할 수 있다. 3급까지 간접화법, 피동, 사동 등의 문법과 기본 어휘를 다 배우고 4급에서 문어 사용 능력과 문화 영역의 학습이 강화된 한국어 과정을 마치면 중급과정을 마치게 되고 대학 수업을 이해할 수 있다.

요즘은 한국의 교육 시스템에 대한 좋은 인상을 받은 외국 학생들이 고등학교를 졸업하자마자 한국에 와서 어학원에서 1년이나 2년쯤 한국어를 공부한 후에 한국의 대학교에 입학하는 사례가 많다. 크리스티나의 경우는 부모님의 권유로 대학 입학을 목적으로 한국에 온 경우이고 디아나의 경우는 학생 자신의 한국 유학에 대한 의지를 부모님이 허락한 경우이다.

K 팝, K 드라마 등 한국 문화에 대한 호기심과 선망으로 단기 어학 연수를 왔

다가 한국 생활에 만족을 느끼고 한국어를 계속 배운 후 대학에 입학하는 경우도 많다. 고향에서 대학을 졸업하고 학위를 받은 경우에도 새로운 진로를 개척하기 위해 한국에서 다시 대학에 입학하는 사례도 늘고 있다.

대학에 따라 한국어 능력 시험 성적을 요구하는 경우도 있어서 학생들은 스스로 토픽(TOPIK: 한국어 능력 시험)을 공부하고 시험을 보기도 한다. 한국인 학생이 대입을 위해 또는 취업을 위해 토익(TOEIC)을 준비하는 것과 비슷하다. 외국인 학생들도 토픽 일정에 맞추어 시험이 실시되는 장소를 중에 선택하여 시험을 보고 어학 성적표를 받게 된다.

보통 3급에 올라오면 학생들은 토픽에 관심을 보인다. 4급에 있는 선배 학생들이 토픽 시험에서 성적표를 받으면 덩달아 긴장하는 모습이다. 투아나와 리사는 대학교에 입학하기 위해 한국어를 배우고 있다. 투아나와 리사는 쉬는 시간에 선생님에게 다가와서 애교있는 표정으로 질문한다.

투아나: 선생님~
선생님: 네, 투아나 씨?
투아나: 토픽을 공부하고 싶은데 어때요?
선생님: 토픽 시험 보려고요? 리사 씨도요?
리사: 네, 저도요.
선생님: 음, 3급 학생한테 토픽 시험이 좀 어렵기는 하지만 한번 보는 것도 좋겠네요.
투아나: 무슨 책으로 공부하면 좋아요?
선생님: 사실 학교에서 수업 시간에 열심히 공부해도 토픽을 잘 볼 수 있어요. 3급을 마친 후에 4급을 좀 공부하다가 토픽 시험을 보면 토픽 3급을 받기는 어렵지 않을 거예요. 그런데 지금 공부하고 싶은 거예요?
투아나: 네, 선생님.
선생님: 그러면 선생님이 큰 서점을 알려줄 테니까 거기에 가 보세요. 이 서점에 가면 토픽 책이 아주 많아요. 책을 잘 살펴보고 공부하고 싶은 책으로 고르세요. 책은 다 비슷하기도 하지만 스타일이 좀 달라요.

선생님은 투아나와 리사에게 서점의 위치를 카톡으로 공유해준다. 이 서점 건물 1층에 빵집이 있는데 거기 샌드위치와 바게트빵이 맛있으니까 한번 가보라고 추천도 해 준다.

릴리아는 고향에서 비즈니스를 전공하고 직장에 1년쯤 다니다가 한국에 왔다. 어학원에서 6개월쯤 한국어를 배우고 돌아가려고 했는데 한국이 안전하고 편리해서 계속 한국에 살고 싶었다. 이제 한국 생활이 1년쯤 되어가고 지금 4급에서 공부하고 있는데 대학에 입학해서 공부한 후에 한국에서 회사에 취직도 하고 싶은 꿈이 생겼다.

릴리아: 선생님, 저는 한국에서 대학교에 가고 싶은데 무엇을 공부하면 좋을까요?

선생님: 릴리아 씨가 하고 싶은 것을 하세요. 릴리아 씨는 고향에서 비즈니스을 공부했지요? 그럼 한국에서도 비즈니스를 더 공부하는 것은 어때요?

릴리아: 같은 공부는 재미없어요. 그런데 취직도 하고 싶어서 무엇을 공부할지 고민이에요.

선생님: 그럼 취직을 걱정 안하면 무엇이 배우고 싶어요? 무엇이 재미있어요?

릴리아: 저는 그림 그리는 것을 좋아하고 디자인에 관심이 많아요.

선생님: 그럼 디자인을 공부해 보세요. 디자인을 공부한 후에 취직하거나 프리랜서로 일할 수 있을 것 같은데요.

외국인 학생이 한국에서 대학교를 졸업했어도 모두 취업에 성공하는 것은 아니다. 이것은 한국인 학생들도 마찬가지로 쉽지 않다. 그러나 누군가는 꿈을 이룬다.

아르바이트

다리아와 소피아는 어학원 수업을 마치면 아르바이트를 하러 간다. 친구라서 같은 식당에서 아르바이트를 하는데 한국어가 더 능숙한 다리아는 서빙을 주로 하고 소피아는 주방일을 돕는다. 하지만 손님을 응대하는 일보다는 식당 사장님이나 같이 일하는 식당 직원과 이야기할 때 더 많은 한국어를 들을 수 있다.

다리아는 처음 아르바이트하는 날 학교에서 배운 한국어를 거의 그대로 사용하는 것이 아주 신기하고 재미있었다.

다리아: (손님이 들어오는 것을 보고) 어서 오세요. 여기에 앉으세요. (손님이 자리에 앉으면) 뭘 드릴까요?
손님: 삼겹살 3인분하고 김치찌개 하나, 계란말이 하나 주세요.
다리아: 네, 잠깐만 기다려 주세요.

주방에서 음식을 준비하는 동안 다리아는 기본 반찬과 물과 컵 등을 가져다 놓는다. 수저는 테이블 옆에 수저통이 붙어 있어서 손님들이 스스로 준비한다. 불 담당하는 남자 직원이 숯불을 가져다 놓으면 다리아는 고기 굽는 팬을 올려 놓는다. 주방에서 음식을 준비해주면 다리아는 손님 테이블 위로 가져다 놓는다. 고기 굽는 팬 위로 굴뚝과 같은 연통이 이어서 연기를 빨아들이는 것이 언제 봐도 신기하다. 한국 손님들은 음식 재료만 가져다 주면 스스로 고기를 직접 구워서 먹는 것도 신기하다.

다리아는 용돈도 필요하지만 한국어를 연습하고 싶어서 아르바이트를 시작했는데 한국 사람들은 다리아를 보면 영어로 주문하려고 하는 것이 참 이해가 안 되었다. 한국 사람이 다리아를 훑어본 후 영어로 주문을 하면 다리아는 한국어로 대답을 해주었다. 그러면 한국 사람들은 항상 이렇게 말한다.

손님: 한국어를 잘하네요.
다리아: 아니에요. 한국어를 잘하려면 멀었어요.

3급에서 배운 한국어를 사용해 본다. 한국 손님들은 조금만 친해지면 학생이냐, 어디에 사느냐 등을 물어보며 친절하게 대해 준다. 한번은 어떤 할아버지가 돈을 주면서 밥 사 먹으라고 해서 당황한 적이 있었다. 한국에는 팁 문화가 없다고 알고 있는데 가끔 이런 일도 있다.

소피아는 주방에서 음식 재료를 손질하고 내어 놓는 일은 한다. 그리고 설거지도 틈틈이 돕는다. 고기를 굽고 난 팬을 씻는 일은 쉽지 않아서 남자 직원이 주로 하고 그 외 그릇을 설거지하고 정리한다. 한국 직원들이 너무 빨리 말하고 학교에서 배우지 않은 단어를 사용해서 처음에는 당황했는데 이제는 눈치로 무슨 말인지 잘 이해한다. 한국어에 실수를 할까 봐 주방 일을 하겠다고 했는데 더 많은 한국어를 사용해야 한다.

한국 직원들은 눈치도 빠르고 정말 친절하다. 한번은 양파를 다듬다가 손을 살짝 베었는데 같이 일하는 아주머니가 얼른 알아채고 약을 바르고 비닐장갑을 끼고 일하라고 하면서 설거지는 안 하도록 배려해 주었다.

아주머니: 아이고, 손 베었어?

소피아: .....
어주머니: 저리가서 약 바르고 쉬어.

'베다', '저리' 등 학교에서 배우지 않은 단어들을 듣게 되는데 무슨 말인지 짐작할 수 있다. 바쁜 시간이 지나면 직원들의 식사 시간이 있는데 그때는 직원들이 식당 구석의 큰 테이블에 모여 앉아 같이 늦은 식사를 한다. 다리아와 소피아가 돼지고기를 별로 좋아하지 않는 것을 알고 사장님은 소고기를 구워서 다리아와 소피아 앞에 내어놓는다.

사장님: 많이 먹어.
다리아: 고맙습니다.
소피아: 잘 먹겠습니다.
사장님: 아르바이트하고 힘들어도 학교에는 지각하지 말고 잘 가야 해.

한국 사람들은 교육을 중요하게 생각한다고 들었다. 사장님도 다리아와 소피아의 아르바이트보다 학업을 더 걱정해 준다. 그리고 먹다가 남은 음식이 있으며 가끔 싸 주는데 이것은 다음 날 아침에 먹는다. 아르바이트가 밤늦게 끝나는 날에는 같이 일하는 아주머니가 기숙사까지 태워다 주기도 한다.

다음 날 아침, 소피아와 다리아는 어제 사장님이 싸 준 음식을 전자레인지에 데워서 얼른 아침을 먹고 학교에 간다. 선생님께 목례를 하고 얼른 자리에 들어가 앉는다. 지각하지 않았다. 피곤함을 이겨내고 집중해서 공부한다. 1교시에 '아무리 A/V -아도/어도' 문법을 배우고 쉬는 시간이 되자 휴게실로 가서 믹스커피를 마신다.

선생님: 소피아 씨, 오늘 좀 피곤해 보이네요.
소피아: 네, 선생님. 오늘 좀 피곤해요.
다리아: 아무리 피곤해도 열심히 공부하자, 소피아.

율리아의 꿈

율리아는 벨라루스 사람이다. 벨라루스는 동쪽으로 러시아와 서쪽으로 폴란드와 국경을 마주하고 있는데 율리아의 고향은 폴란드와 가까운 흐로드나이다. 그래서 벨라루스 사람들은 폴란드에서 대학교에 가거나 일하는 경우가 많다. 율리아도 고등학교를 졸업한 후에 폴란드의 수도 바르샤바에서 대학교에 다녔다. 대학교를 졸업한 후에도 바르샤바에 살면서 직장에 다녔다.

율리아는 고등학교 때부터 K 팝이나 K 드라마를 많이 접했다. <커피 프린스>, <힘센 여자 도봉순>, <도깨비> 등을 아주 재미있게 봤다. 고등학교를 졸업하고 폴란드에서 대학교에 다닐 때 평생 친구가 될 블라다를 처음 만났다. 대학 졸업 이후에도 직장은 서로 다르지만 같이 살면서 서로 자매와 같은 존재가 되었고 지금까지도 친하게 지낸다.

코로나가 심각했을 때 회사가 직원을 줄이거나 문을 닫는 경우가 많았는데 율리아와 블라다는 새로운 기회를 탐색하기 위해 한국에 오기로 했다. 율리와와 블라다는 둘 다 한국 문화에 관심이 많았고 당시 한국은 코로나를 잘 통제하고 있었기 때문에 한국에 오는 모험을 해보기로 했다. 먼저 한국 문화를 잘 알려면 언어를 아는 것이 중요하기 때문에 어학원에 등록을 하고 한국어를 배우기 시작했다. 보통 고등학교를 졸업하고 한국어를 배우러 오는 학생이 많기는 하지만 율리아와 블라다처럼 대학을 졸업하고 직장생활도 좀 하다가 오는 경우도 적지는 않다.

한국어 공부는 아주 재미있었다. 다시 초등학생이 된 기분으로 단어를 하나하나 배우고 발음을 익히는 것이 아주 재미있었다. 6개월 정도 초급을 마치고 한국어로 기본적인 대화를 할 수 있었을 때는 큰 성취감을 느꼈다. 전에 고향에서 자막으로 읽던 한국드라마를 조금씩 들을 수 있게 되었을 때는 아주 기뻤다.

<도깨비 3화>
도깨비: 뭐 마실래? 비싼 거 시켜도 돼.
은탁: 아, 배부른데. 전 저거 라지 사이즈요
저승E: 나도 같은 걸로.

고향에서 자막으로만 봤던 한국드라마를 한국에 온 후에 다시 볼 때는 더욱 주인공들의 느낌을 생생하게 느낄 수 있었고 <도깨비>의 촬영 장소를 찾아가 보는 것은 정말 잊을 수 없는 경험이었다. 안국동의 도깨비와 은탁이가 처음 만났던 장소는 사람들이 사진을 찍느라고 붐볐고 아주 한국적인 아름다운 길이었다.

동해안의 영진해변을 찾아가는 길은 쉽지 않았다. 서울에서 강릉까지 기차를 타고 가고 강릉에서 주문진까지 버스로 간 다음에 영진해변까지 가는 버스가 자주 있지 않아서 택시를 타고 갔다. 힘들게 찾아갔는데 아주 보람이 있었다. 유명하지 않은 작은 바닷가 마을에 촬영 장소인 부두가 있었는데 그 앞에는 드라마의 장면을 크게 붙여 놓고 촬영 장소임을 알려주는 표지판이 있었고 사람들은 아래쪽 부두에서 도깨비가 은탁이에게 꽃을 주는 장면을 자신들이 주인공인 것처럼 사진 찍고 있었다. 율리아는 블라다와 같이 드라마의 주인공인 것처럼 서로 꽃을 주고받으며 기념사진을 남겼다. 꽃은 사진 촬영하는 사람들을 위해 누군가 놓고 간 것이었다.

율리아가 어렸을 때 율리아의 아버지께서 율리아는 커서 뭐가 되고 싶냐고 물어보시면 예쁜 여자가 되고 싶다고 말하곤 했었는데, 예쁜 여자는 모델이나 영화배우를 말하는 것이었다. 그 꿈을 항상 가지고 있었기 때문에 대학생 때는 영화에서 엑스트라로 일한 적도 있었고 TV쇼에도 나간 적이 있었다. 대학을 졸업하고 직장생활을 시작했지만 마음 속에는 그 꿈이 항상 자리 잡고 있었다.

한국에 온 이후에 친구와 홍대나 압구정에 놀러 갔을 때 TV나 영화에서 본 한국 연예인을 직접 볼 기회도 있었고 어렸을 때부터의 꿈이 다시 살아나는 것을 느낄 수 있었다. 한국은 요즘 드라마와 영화 그리고 패션으로 아주 유명해졌기 때문에 많은 장래 스타들에게 꿈의 도시가 되어 간다고들 한다.

먼저 율리아는 인스타그램 인플루언서로 활동을 해오고 있었으며 한국에서 모델로 일해 보려고 도전을 했고 지금은 모델로 활동하고 있다. 한국어를 1년쯤 배웠기 때문에 한국어로도 어느 정도 소통을 할 수 있어서 큰 도움이 된다. 앞으로는 영화배우나 TV탤런트로도 일해 보고 싶다.

율리아의 꿈

저는 벨라루스 흐로드나 에서 온 율리아라고 합니다.
흐로드나는 폴란드하고 가깝고 아주 아름다운 곳 입니다.

제가 어렸을때 제 아버지 께서 율리아는 뭐가 되고
싶어 물으시면 저는 예쁜 여자가 되고 싶다고
말 했습니다.

저는 고등학교을 졸업 한 후에 폴란드 에서 대학교에
다녔습니다. 고등학교 때 부터 한국 드라마나
한국 노래을 많이 들었고 대학교에 다실때도
좋아 했습니다.

도깨비, 힘센여자 도봉순, 커피프린스을 아주 재미있게
봤습니다.

대학생 때 영화에 엑스트라오 일한적이 있고 배우가
되고 싶은 사람을에 대한 TV쇼에오 사온적이 있습니다.

대학교을 졸업하고 폴란드에서 일하다가 친구와 같이 한국어을 배우려고 한국에 왔어 1년쯤 살았습니다. 한국어을 배우니까 한국드와마와 한국 노래을 잘 이해할수 있었어 좋았습니다.

한국에 살면서 서울에서 여기 저기 많이 갔는데 큰 화면에 영화 배우나 가수을 자주 볼수 있어서 좋았고 압구정이나 홍대에서는 한국 연예인을 직접 보기도 했습니다.

한국에서 모델로 일해보고 싶어서 에이전씨에 회원했고 외금은 모델로 활동을 하고 있습니다.

앞으로 한국에서 영화 배우나 TV 배우로도 일해보고 싶습니다!

꿈은 이루어진다

다리아는 어려서부터 노래를 잘했다. 다리아의 어머니는 다리아가 음악에 재능이 있는 것을 아시고 어렸을 때부터 음악 학교에 보내셨다. 그래서 다리아는 학교 무대나 일반 무대에서 공연한 경험이 많다. 다리아는 뮤지컬 공연을 위해 노래와 연기를 오랫동안 연습해 왔고 무대에 서는 것이 아주 익숙하며 또 무대를 즐긴다.

음악 학교에 다닐 때 한 친구가 K 팝을 좋아해서 한국의 가수에 대해 자주 얘기해 준 적이 있었는데 이때만 해도 다리아는 한국에 별로 관심이 없었다. 그러다가 우연히 K 팝의 걸그룹 영상을 보게 되었는데 이후로 그 영상을 혼자 자주 봤고 그 음악에 빠져들었다. 그 걸그룹의 음악들이 다리아를 춤추게 하고 감동을 주었다. 한국어를 이해할 수는 없었지만 마음으로 노래 가사를 이해할 수 있었다. 또 한국 문화에 대한 동경이 생겼다. 그리고 한국에서 공부하고 싶다는 마음이 솟아 올랐다.

한국에 가고 싶다는 마음을 어머니께 말씀드리자 어머니는 딸의 행복을 위해 한국행을 허락해 주셨다. 다리아와 함께 음악 학교에 다니는 소피아도 한국 문화에 대해 관심이 많은 친구였는데 다리아가 한국에 간다고 하자 자신도 새로운 환경에서 도전해보고 싶다면서 같이 가겠다고 하였다.

> 다리아: 소피아, 나는 한국에서 음악을 더 공부해 보고 싶어.
> 소피아: 나도 한국에 가고 싶은 생각이 있어. 요즘 K 팝 커버댄스도 많이 볼 수 있고 K 팝 커버 노래
> 도 자주 들을 수 있어. 한국 음악이 인기가 많으니까 한국에 가서 더 공부해 보자.
> 다리아: 그래. 먼저 어학원에서 한국어를 배우고 나서 음악 대학에 들어가는 게 좋겠어.

다리아와 소피아는 한국에 와서 어학원에 먼저 다녔다. 1급부터 4급까지 배우는 동안 한국어는 재미있기는 하지만 쉽지는 않았다. 학교에서 수업 시간에 K 팝을 배우기도 하고 문화 체험 때 하이커 그라운드 같은 곳에 가서 K 팝 무대를 체험해 보는 시간은 아주 재미있었다. 학교에서 동아리 시간에 안무를 가르쳐 주는 선생님을 보내 주셔서 K 팝 댄스를 배우는 기회가 왔을 때에는 정말 행복했다. 학교에는 큰 거울이 벽 한 면을 다 차지하는 춤을 연습할 수 있는 공간이 있는데 여기에서 연습하는 시간 만큼은 모든 것을 잊고 자신과 춤이 하나가 된 시간을 보냈다.

몇 주간의 K 팝 안무를 배우는 시간이 지나고 제대로 춤을 추고 영상을 찍어서 그 영상이 학교 유튜브 채널에 올라갔을 때는 스스로가 너무나 자랑스러웠다. 고향에서도 이미 많은 무대 경험이 있었지만 여기에 K 팝 스타일을 적용해서 자신의 춤을 좀 더 성숙하게 변화시키는 것은 창의적인 작업인 것이다. 선생님도 영상을 보시고 크게 칭찬해 주셨다.

> 선생님: 다리아 씨, K 팝 댄스인데 다리아 씨의 표정 연기와 우아한 손동작이 추가되니까 뮤지컬 같
> 은 느낌이 있네요.
> 다리아: 네, 선생님. 저는 뮤지컬 배우가 되고 싶어요.
> 선생님: 다리아 씨는 노래도 잘 부르니까 될 수 있을거예요.

다리아는 현재 대학교의 음악과에 입학하여 한국 음악의 기법과 창작의 방법 등을 배우고 있다. 매일 연습을 하는 것이 힘들면서도 아주 보람이 있다. 학교 축제에서는 외국인 학생과 한국 학생들 여러 팀이 장기자랑을 했는데 다리아는 소

피아와 듀엣으로 노래를 불러서 큰 박수를 받기도 했다. 아직 학교 무대이기는 하지만 여러 팀들이 모여서 공연을 할 때는 K 팝 가수들의 무대에 못지 않은 노래와 춤 실력을 자랑하기도 한다.

춤과 노래 영상을 고향에 계신 어머니께 보내드리면 아주 기뻐하신다. 어머니는 고향에서 딸의 성장을 지켜보며 한국에서 안전하고 행복하게 지내기를 기원하신다. 딸이 먼 나라에 가 있지만 자신의 꿈을 이루려는 목적이 확고하고 한국이 교육 시스템도 좋으며 안전한 나라라는 이야기를 듣기 때문에 마음이 놓인다.

다리아의 꿈은 전에도 지금도 무대에 서는 것이다. 다리아는 노래를 통해 사람들과 소통하고 싶다. 자신의 감정을 전달하고 사람들의 감정도 경험하고 싶다. 다리아는 음악을 통해 세계의 일부가 되고 싶으며 다리아의 음악을 사랑해 줄 많은 사람들 앞에서 공연할 수 있기를 소망한다.

다리아의 꿈은 이루어진다

나는 지금 내 꿈을 이루기 위해 한국에서 한국어를 배우고 있다. 내 꿈은 뮤지컬 배우가 되는 것이다. 나는 어렸을때 부터 음악을 좋아했다. 우리 어머니는 3살 때부터 내가 음악을 좋아하는 것을 아시고 내가 학교에 다닐 때마다 나를 음악 수업에 보내셨다. 나 중에 나는 무대에서 공연을 시작했고 즐겁게 공연을 했다.

친구가 한국의 뮤지컬 그룹에 대해 자주 얘기해줬는데, 나는 별로 재미있을 것 같지 않았다. 그런데 우연히 한국 걸그룹 영상을 혼자 봤을 때, 그 문화에 애착을 받는 듯한 느낌이 들었다. 한국 걸그룹의 음악은 말 그대로 나를 춤 추게 만들었다. 비록 그 당시에는 한국어를 할 수 없었지만 슬프고 행복한 노래 가사를

마음으로 이해할 수 있었다. 그 때 한국에서
공부 할 수 있겠다는 생각이 머릿속에 자리 잡았다.

내 꿈은 늘 무대에 서는 것이었다. 노래를 통해
사람들에게 다양한 감정을 주고, 그들의 감정을
함께 경험하고 싶다. 나는 정말로 수년 동안
나에게 영감을 준 세계의 일부가 되고 싶다.
그리고 앞으로는 내 음악을 사랑해줄 사람들 앞에서
공연할 수 있기를 바란다.

한국에서 살고 싶어요

　한국에 온 외국 학생들 대부분은 한국에 대한 긍정적인 정보를 접하고 온 학생들이다. 보통 6개월쯤 어학원에 등록을 하고 오는데 6개월이 지나면 많은 학생들은 기간을 더 연장하고 한국어 학업을 이어 나간다. 학생들 중 문화 차이에 적응하지 못하고 돌아가는 학생도 있지만 대부분은 한국의 빠르고 편리한 시스템과 친절한 사람들과 한국 문화에 대한 호감 때문에 한국에 계속 살고 싶어 한다. 고향에 돌아갔다가 다시 돌아오는 경우도 있다.

　요즘은 보통 대학 입학을 목표로 어학원에서 한국어를 배우는 학생들이 많다. 어학원에서 1년에서 2년쯤 한국어를 배운 다음 대학에 입학하면 4년간 한국에서 학업을 이어가는 것이다. 5-6년을 한국에서 살다 보면 한국어를 비롯한 한국 문화에 아주 익숙해지고 한국에서 취업하여 더 생활을 이어가기를 바라게 되고 또 이에 성공하여 계속 한국에서 살기도 한다.

　크리스티나는 한국어를 배운 후 대학에 입학했다. 디자인을 배우는데 한국어가 아직도 좀 부족하지만 디자인에는 재능이 있기 때문에 수업을 따라가는 데는 무리가 없다. 한 학기의 대학 수업을 마치고 방학에 고향에 돌아갔을 때 크리스티나의 어머니는 큰 파티를 열어주셨다. 딸이 한국에서 대학생이 된 것이 아주 자랑스러우셨던 것이다. 크리스티나는 음악학과에 가고 싶었지만 가족들과 상의한 후에 디자인과에 가기로 마음을 바꾸었다. 크리스티나는 디자인을 잘 배운 후에 한국에서 취업을 하거나 프리랜서로 일하고 싶다.

로만은 IT과에 입학했다. 한국은 IT강국으로 알려져 있어서 한국에서 IT를 배우려는 학생이 늘고 있다. 방학 때는 아르바이트를 하면서 학비를 보탠다. 같은 과에서 공부하는 한국 친구도 있지만 아르바이트를 하면서 사귄 한국 친구들은 더 정이 간다. 아르바이트를 하면서 한국 사회와 문화를 더욱 잘 알아 갈 수 있다. 졸업 후에 한국에서 취업을 하고 싶다.

크리스티나: 로만, IT 재미있어?
로만: 응, 재미있지만 좀 어려워. 디자인 재미있어?
크리스티나: 응, 재미있어.
로만: 디자인만 하지 말고 우리 축제에는 같이 나가자.

어떤 학생들은 단기간 한국어를 취미 삼아 배우려고 왔다가 기간을 연장해서 더 공부하고 또 다른 기회를 찾아보기 위해 대학에 입학하고 한국에서의 생활을 이어가기도 한다.

엘리프와 오즈게는 K 문화에 대한 호기심으로 단기간 어학연수를 왔다. 네히르는 대학을 목적으로 한국에 왔기 때문에 계속 한국에 있을 예정이다. 엘리프는 친구들과 생활하면서 한국 생활을 좀 더 경험하고 싶어서 한국에 있기로 마음을 바꾸었다. 하지만 오즈게는 계획대로 고향으로 돌아가기로 했다. 오즈게는 이스탄불 시내에 있는 한국 식당에서 일을 하다가 휴가를 얻어서 한국에 왔던 것이다. 오늘은 오즈게가 고향에 돌아가는 날이다. 네히르와 엘리프는 오즈게를 배웅하기 위해 공항에 간다. 공항은 오늘도 가고 오는 사람들로 분주하다.

[튀르키예어 대화]
네히르: 오즈게, 이제 고향에 다시 가면 한국어로 주문 받을 수 있겠네.

오즈게: 응, 이제 한국 손님들이 오면 한국어로 말할 수 있어.

엘리프: 열심히 일하다가 또 휴가를 받아서 한국에 와.

오즈게: 응, 그렇게 할거야. 한국은 정말 다시 오고 싶은 곳이야.

오즈게는 자동 발권기에서 발권을 마치고 수화물도 다 부쳤다. 이제 가벼운 가방만 어깨에 메고 공항을 다시 한번 둘러 본다. 아직 시간은 여유가 있다. 인천공항은 지하 식당가나 지상층 식당가 주변에 쉴 만한 공간이 아주 많고 쾌적하다. 편의점이나 올리브영 등 비싸지 않은 선물을 살 만한 곳도 있어서 고향에 있는 가족과 친구를 위해 더 살 것이 있는지 구경해 본다. 이제 출국장으로 갈 시간이다. 이때 카톡이 울린다. 선생님으로부터 온 카톡이다.

[카톡 대화]

선생님: 오즈게 씨, 오늘 고향에 돌아가지요? 고향에 가면 가족과 함께 맛있는 고향 음식도 많이 먹고 푹 쉬세요. 그리고 고향에서도 한국어를 계속 공부하세요. 다음에 다시 만나면 좋겠어요. 한국에 오면 선생님에게 연락해 주세요. 안전하고 편안하게 돌아가세요.

오즈게: 선생님, 감사합니다. 다음에 다시 만나요.

오즈게는 출국장 대기줄 앞에서 친구들과 작별 인사를 한다. 네히르와 엘리프는 오즈게가 출국장 안으로 들어갈 때까지 지켜보다가 한 번 더 인사하고 돌아나온다. 엘리프는 눈물이 좀 나는 것 같다.

[튀르키예어 대화]

네히르: 엘리프, 괜찮아?

엘리프: 괜찮아.

네히르: 이제 다시 기숙사로 돌아가자.

엘리프: 그래.

네히르: 우리 기숙사가 진짜 내 집 같아. 너는?

엘리프: 나도 기숙사가 편해. 한국이 익숙해졌어.

네히르: 나는 계속 한국에서 살고 싶어.

참고문헌

국립국어원(2005), 『외국인을 위한 한국어 문법 1』, 커뮤니케이션 북스.

양명희·이선웅·안경화·김재욱·정선화(2016), 『외국인을 위한 한국어 문법과
표현: 초급』, 집문당.

허용·김선정(2006), 『외국어로서의 한국어 발음교육론』, 박이정.

서울대학교 언어교육원(2013), 『서울대 한국어』, 투판즈.

국립국어원 표준국어대사전 http://stdweb2.korean.go.kr

나무위키 https://namu.wiki

네이버국어사전 http://krdic.naver.com

화앤담픽쳐스(2016~2017), 『도깨비(16부작)』, tvN, 한국, 드라마.

작가의 말

저는 현재 대학의 어학원에서 외국인 학생들에게 한국어를 가르치는 한국어 교사입니다. 5년 전에 <싸바?>를 쓴 이후에 외국인 학생들에 대한 이야기를 더 써 보려고 준비해오다가 이제야 마무리하게 되었습니다.

  책 안에 학생들이 직접 쓴 글을 넣고 싶어서 주제에 맞는 학생의 글을 모으느라 시간이 좀 걸렸습니다. 그리고 활자로 옮기면 느낌이 반감될 것 같아서 학생의 글을 사진으로 찍어서 그대로 올렸습니다. 스튜어트의 수화와 류바의 사하어에 관한 글은 코로나가 한창이었던 3년 전에 받은 글입니다. 지난 여름에 받은 안나의 글이 가장 최근에 받은 글이며 글을 써 준 모든 학생들이 고맙고 특히, 오래 기다려 준 스튜어트와 류바에게 고맙다는 말을 전하고 십습니다.

비슷한 주제를 묶어서 옴니버스형식으로 썼고 한국어 발화가 완벽하지 않은 외국인이 등장하다 보니 소리나는 대로 쓰기도 하였습니다. 어학원에서의 하루하루가 드라마틱하여 재미있는 상황이 많이 연출되는데 글로 표현하기 적합한 것들만 모아 봤습니다. 요즘 한국에서 생활하는 학생들이 많아지고 있는데 한국어를 배우는 학생들의 이야기도 드라마로 만들면 재미있지 않을까 상상하며 이 글을 썼습니다.

2024년 10월
학생들이 귀가한 후 교실에서
김 채 중

© 김채중, 2024

초판 1쇄 발행 2024년 12월 5일

지은이   김채중
펴낸이   이기봉
편집   이송지
펴낸곳   도서출판 좋은땅
주소   서울특별시 마포구 양화로12길 26 지월드빌딩 (서교동 395-7)
전화   02) 374-8616~7
팩스   02) 374-8614
이메일   gworldbook@naver.com
홈페이지 www.g-world.co.kr

ISBN   979-11-388-3775-0 (03810)